La vida por un imperio

ANAMARI GOMÍS

La vida por un imperio

MÉXICO, 2016
BARCELONA · BOGOTÁ · BUENOS AIRES · CARACAS
MADRID · MIAMI · MONTEVIDEO · SANTIAGO DE CHILE

Este libro fue escrito con apoyo del Sistema Nacional de Creadores de Arte del Fondo Nacional para la Cultura y las Artes de México.

La vida por un imperio
Primera edición: julio de 2016

D.R. © 2016, Anamari Gomís
D.R. © 2016, Ediciones B México, S.A. de C.V.
   Bradley 52, Anzures CX-11590, México

ISBN: 978-607-529-024-9

Impreso en México | *Printed in Mexico*

Todos los derechos reservados. Bajo las sanciones establecidas en las leyes, queda rigurosamente prohibida, sin autorización escrita de los titulares del *copyright,* la reproducción total o parcial de esta obra por cualquier medio o procedimiento, comprendidos la reprografía y el tratamiento informático, así como la distribución de ejemplares mediante alquiler o préstamo público.

*Con mi agradecimiento a mis amigos
Raquel Castro, Eduardo Cerdán, Alberto
Chimal, Ana Clavel y Paola Tinoco.*

A mi hijo Sebastián y a su bella Sofía.

*Para Anselmo, Anita y Turandot,
quienes me acompañan siempre.*

Es una memoria resistente la mía. Miraba por horas a través de la ventana del departamento donde vivíamos en el principio de los *tiempos*. No recuerdo bien las facciones de András, mi padre. Se me fijó en la memoria, eso sí, el cosquilleo de su bigote y el olor picoso de su pipa. *Hová mész, apa*, le preguntaba cada vez que llegaba. «¿Dónde vas, padre?», y no importaba si llegaba o salía, siempre le decía lo mismo. Era mi manera de comunicarme con él. Se apartaba de nosotros muchos días. Mi hermano Péter era simpático, rubicundo y rara vez lloraba. Sus pañales hacían que la casa entera oliera a pipí, aunque mi mamá los sumiera en una cubeta llena de jabón para lavarlos luego con mayor facilidad. Cuando Apa desapareció, mi hermano y yo íbamos ya al colegio. Mis abuelos maternos nos recogieron una noche; cenamos pizza y quedamos a partir de ese momento bajo su cuidado. Péter nunca dijo *apa* sino *belo* y mi abuelo se quedó sin su nombre sólo para nosotros dos: Péter y Fernanda.

En otra escena de pizza, mi madre nos presentó a Rómulo Ventura, quien de pronto hizo las veces de jefe de la familia. Ya no tenía yo que avistar por la ventana las fluctuantes apariciones del húngaro. Nuestro nuevo padre nos ahijó de veras. Cuando nació mi hermana Ana, la pequeña fue una más dentro del clan Ventura.

Durante una visita al castillo de Chapultepec, a mis seis años, creo, mi nuevo padre nos mostró a Péter y a mí carruajes y pinturas, mientras mi mamá paseaba a Ana en una carriola. No sé en qué momento me perdí. Terminé cobijada bajo unos arbustos, en alguno de los jardines, a donde había llegado entre escalinatas y patios. Después miré hacia el sol a través de las rejillas que formé con los dedos de las manos. Los abría y cerraba según la intensidad de la luz, que en momentos traspasaba sin fuerza por culpa de una nube pasajera. Luego me levanté la falda hasta la cara. El color de la tela cambiaba el del cielo. Me di plena cuenta cuánto me gustaba estar sola conmigo misma.

Cuando finalmente me encontraron, después de haber alzado un revuelo por todo el castillo y sus jardines, mi madre dejó a Ana con mi nuevo padre. Lloró e hipeó durante un largo rato, sin dejarme de abrazar. Péter nos observaba asustado, Ana soltó el llanto y yo no entendía la gravedad de sus reacciones. ¿No podía una niña sustraerse del mundo en un pequeño escondite de matas frescas?

Empecinada mi memoria. De aquel viaje recuerdo todo, desde poco antes que iniciara. Mi amiga Berenice y yo escuchábamos aleladas al doctor Segismundo Altamirano. Con su panamá a la Dirk Bogarde de *Muerte en Venecia*, evadía el sol que traspasaba el ventanal, hundiéndose el sombrero en la cabeza. Por la pérgola bajaba un rayo luminoso, parecía zigzaguear sobre cada uno de nosotros, a medida que mi maestro hablaba, con la mirada puesta en mí, a sabiendas de que todo lo que dijera me resultaba estimulante. Me incomodaba, sin embargo, que no se dirigiera a Berenice. Así se comportaba Altamirano, que esa vez vestía un traje beige de lino con una camisa azul eléctrico. De todas formas, cautivaba a su público, esta vez nosotras, a quienes consideraba dignas de oírlo, por lo menos en esos momentos y a pesar de que no fijara sus ojos en los de mi amiga. Reunidos los tres en un restaurante del sur de la ciudad, en una tarde calurosa, no me atrevía ni a ir al baño por no perderme aquello que refería el viejo historiador. Lo veía tan entusiasta, que hice cuentas de su edad: si nació en el 1905, ya habría cumplido los 82 años, unos meses antes de ese mayo de 1987. Aparentaba más edad.

La comida resultó pretenciosa y más bien mala, pero bebíamos un vino blanco excelente. Altamirano me complació al ordenarlo. A lo mejor es que ya especulaba desde entonces que sólo yo lo acompañaría en el viaje.

Detallaba las pistas encontradas para iniciar su nueva investigación. En un inicio, su hipótesis nos pareció descabellada, hasta que comenzó a interesarnos. A mí, sin duda, acabó por alborotarme la imaginería. Altamirano quería probar que Maximiliano de Habsburgo no murió en el Cerro de las Campanas en Querétaro sino muchos años después en El Salvador. Benito Juárez le condonó la muerte porque era masón como él. El emperador nunca estuvo en la escena del fusilamiento. Aquello había sido un montaje, en el que a Miguel Miramón y Tomás Mejía sí los pasaron por las armas.

Berenice dijo que un cambio tan definitivo en ese pasaje de la historia nacional provocaría toda clase de estudios. Se trataría la ética de ciertas organizaciones secretas, implicaría escudriñar en los secretos masónicos, si eso fuera posible. Seguramente en los anales de la masonería de los años sesenta del siglo XIX deberían existir huellas, acaso un registro de los hechos, algo que comprobara aquella historia, suponía ella, donde triunfaba la fraternidad universal antes que la política.

Verdadera o no la ejecución del austriaco, Juárez se salió con la suya y recuperó el poder republicano.

Debido a su edad, nuestro profesor sufría de constantes males y arrechuchos, por lo que nos pedía acompañarlo en un viaje de fisgoneo, así dijo, acerca del tema. Compartiríamos la habitación y los gastos diarios. Los sitios donde quería indagar el gran historiador, especialista en el derrotado imperio del Habsburgo, se resumían a La Habana, San José, en Costa Rica, y San Salvador. Era probable que nuestra universidad nos pagara los boletos de avión a los tres. Acepté animosa, pensaba que sería sumamente literario deambular por aquellos lugares de América Latina para asistir al maestro de maestros. Desde tiempo atrás, yo terciaba la historia con las letras. Trabajaba sobre la novela histórica y pensaba unir mi inclinación por la literatura y mis estudios de historia de México. Como lectora, la idea de viajar con Altamirano me evocaba a Henry James. Como el protagonista de *Los papeles de Aspern*, nos dirigíamos tras un solo objetivo por medio de artimañas para encontrar el posible paradero de Maximiliano. Seríamos tres personas a la búsqueda de un secreto, echando mano del simulacro, a veces, y, desde luego, realizando una indagación seria y respaldada por los documentos que habríamos de conseguir. Eso nos uniría en una cruzada intelectual. Comprendía que mi voluntad de asistir a Altamirano en sus pesquisas me volvería partícipe de una gran aventura, la última, sin duda, para el viejo profesor. Me emocioné, a pesar de que a la hora de pagar mi parte de la cuenta se desestabilizó mi presupuesto de la semana.

Cuando ya habíamos despedido a Altamirano, por quien pasó su chofer, Berenice subrayó, mientras bajaba la ventanilla de su lado y arrancaba su Renault verde limón:

—Ni muerta voy con Altamirano a ningún viaje. Piensa, Fernanda, lo que ha de ser cuidarlo durante la noche para que haga pipí sin que se dé un ranazo marca diablo. Ni madres. Que lo custodie el chamula que vive en su casa y le cumple todos sus caprichos. Padrísima la investigación pero no me aviento a un viaje desbocado con él. Ya me contarás, mi chulis. Yo me salgo de esta historia.

Me figuré el escenario y le di la razón a mi amiga. El motivo por el que Juan, el indígena chamula, ya no podía escoltar a su patrón, en otro tiempo su amante, con quien había recorrido Trieste y Berlín y pasado varios meses en Bélgica, radicaba en su afición a la bebida, que por mucho tiempo había remitido y, meses atrás, resurgido de forma escandalosa. Su empleador, sin más, lo acompañó con un alumno a la estación de autobuses y lo despachó para Chiapas. Un mundo se derrumbaba para el indígena chiapaneco que apenas hablaba español, pero que conoció Europa vestido con elegancia por Altamirano, y quien, en el sentido estricto del término, un mexicanismo contundente, nunca sirvió de chichifo del maestro, porque no se aprovechó de él. Nos consta que lo miraba con arrobo, como si lo hubiera santificado. Pobre Juan, el chamula. Berenice no sabía que lo habían mandado mucho a la chingada.

La causa de Altamirano, con todas las herramientas de su preparación histórica, me demandaba auxiliarlo. Por años, cuidé a mi abuelo materno, que perdió la vista en su vejez, así que conocía las consideraciones que se requerirían de mí. Además, mis andanzas con el profesor serían como vivirlas con una tía mayor. Podía sujetarlo hasta llegar al baño, encenderle la luz y esperar a que orinara las veces que quisiera. Eso era lo de menos. Me llenó de entusiasmo la oportunidad de ausentarme de casa, ya que mi matrimonio se encontraba desbarajustado, por lo que un sueño inquieto me hacía, de todas maneras, despertar intermitentemente por las noches y recibir la mañana con una sensación de ahogo y de cansancio infinito. Pensé también que una separación de algunos días, me ayudaría a entender qué clase de barullo se había metido en mi relación marital con Papageno, como llamaba Altamirano a mi marido, a Raúl. Su calidad de ser común y corriente, concentrado en encontrar a su Papagena, como el personaje de *La flauta mágica*, la ópera favorita de mi maestro, me habían enternecido y serenado cuando éramos novios. No me gustaban los hombres de alma torcida, con lo que quiero decir extraordinarios en algún aspecto, a ésos un ego desarrollado les estropea el espíritu. Sin embargo, después de cinco años juntos, algo me pesaba en relación con Raúl y otras cosas me despertaban más pasión que su amable compañía.

También me corroía la culpa, con él y con mis obligaciones universitarias. En este tiempo, me encontraba envuelta en varios trabajos de *free lance*, no podía concluir mi tesis de maestría y eso se había transformado en un peso enfadoso. Me sentía como el Pípila, haciendo camino hasta la alhóndiga de granaditas, con aquel trozo de piedra en la espalda. Durante meses escamoteé al doctor Altamirano, quien tantos peros había puesto a mi trabajo. «Ingenua, niña. Algo ingenua tu tesis», opinó cuando leyó lo que llevaba escrito. Por lo mismo, que me hubiera escogido, junto con Berenice, para ayudarlo en su rastreo académico, me enorgullecía y hasta despertaba mi deseo de concluir mi grado universitario.

Le pedí a Berenice que me dejara en Miguel Ángel de Quevedo. Quería, de momento excitada, comprar los libros que mi maestro recomendaba para profundizar en mi trabajo.

—Te acompañaría para luego llevarte a tu casa, Fernanda, pero debo recoger a mi mamá. Piensa lo que te dije.

Me bajé del coche en Insurgentes y caminé con un jaleo en la cabeza, debido al vino, al tránsito y a la aventura que me proponía el doctor Altamirano. ¿Qué diría Raúl? Seguramente nada o algo así como «ve, pásatela bien», aunque no lo pensara así. Aquel hombre afable con el que me había casado esperaba una mujer con la pata quebrada y metida en su casa. Que yo trabajara y ganara dinero resultaba obligado, le aliviaba las cuentas, mientras no me desperdigara por las calles y por otra vida fuera de la que teníamos juntos. Entre otros personajes cercanos a mí, odiaba a Altamirano, quien le respondía con la misma moneda.

Los árboles del camellón eran testigos mudos de mis tribulaciones. Me había calzado zapatos de tacón y vestía un traje sastre que me aseñoraba. Me veía fatal, pero había querido agradar a mi maestro, que tanta lata daba con el arreglo de la gente. Las mujeres que no se acicalaban le parecían mujerucas. Entré, cansada y con un dedo del pie estrujado a la librería Gandhi.

Cuando sólo había hallado dos libros de los referidos por Altamirano, me topé con una amiga. Su marido había sido, un par de años, agregado cultural en Cuba, así que le propuse que nos tomáramos un café y conversáramos. Fuera del radar de Papageno, me entraban profundos anhelos de autonomía.

—La pasarás muy bien, Fernanda, los cubanos son maravillosos, divertidos, dicharacheros. Le escribiré a un par de amigas avisándoles que vas para allá. Ojalá tengas tiempo de verlas.

—Supongo que sí. No estaré pegada a Altamirano. Dice que tiene un montón de cuates cubanos. A él le gusta que lo pastoreen y luego se desaparece sin decir agua va. Requiere de tiempo para sí mismo, como todos.

Ese mismo tiempo que Raúl no me otorgaba.

Poco a poco me iba zafando de un zapato, hasta que pude dejar el pie al aire. Mi amiga, en un acto de completa emancipación, fue hurgándose dentro de la blusa, hasta que me dijo «ya está, me quité el brasier». Lo sustrajo poco a poco por la axila, con una habilidad de prestidigitadora, con la chaqueta encima, abultada por las hombreras. En tres segundos lo había guardado en su bolso.

—Tú me sabrás disculpar, ya no lo aguantaba.

Quedé estupefacta. Miré con vergüenza hacia los lados para ver si alguien lo había notado. Aquella maniobra de mi amiga era una metáfora de lo que yo necesitaba en mi vida.

Hablamos largo rato, hasta que tuve que calzarme de nuevo el zapato, componerme y pagar nuestras tazas de café y luego mis dos flamantes libros sobre la guerra cristera en mi país. Ése era el tema que me atraía en relación con la literatura mexicana de una época.

Ya en la calle, mientras buscaba un taxi, percibí los efectos de la cafeína. El taxista que se detuvo a recogerme tenía cara de maleante, aun así me monté en el coche, encomendándome a la buena fortuna. En un alto se subieron dos mujeres jóvenes. El coche era un Volkswagen y sólo tenía una entrada que el chofer abría, desde su asiento, con una cadena incrustada a la manivela de la portezuela. Estaba acorralada, sin escapatoria. Las tipas saludaron al conductor y luego me miraron sonrientes para decir que ése era un viernes de quincena y que todos llevábamos dinerito encima. El miedo, porque iba a ser víctima de un asalto, me soltó la lengua, se me ocurrió una mentira tras de otra, cada una mínimamente sostenible para no enredarme.

—Soy una pobre becaria, saben. Mi marido también, apenas si nos alcanza para lo más elemental. El problema que ahora enfrentamos es mi embarazo. ¿Cómo mantendremos al niño? Alguno de nosotros tendrá que dejar de estudiar y buscar un trabajo más o menos remunerado. Claro, imagino yo que ése deber ser mi marido, ¡ay!, pero el pobre está tan obstinado con estudiar. Eso lo hace muy feliz, a mí no tanto, sí quiero, pero luego me desespero, quisiera más salidas a la calle, siempre recluida y dándole duro al estudio, un horror, si hoy me ven vestida de traje sastre es porque justamente consideré lo de buscar un empleo. *El auto avanzaba hacia Tlalpan, se desviaba.* Me lo prestó una amiga y me aprieta la falda, no saben cómo. *Las mujeres se me repegaban.* Fui a los antiguos estudios Churubusco para que me aceptaran como la chica que sigue el guion de una película mientras se filma, pero, qué cosa, ya habían ocupado la vacante y yo con estos tacones que no sé usar. *Me di cuenta que hacíamos camino hacia La Viga.* Allí mismo, delante de todos, me desmayé, fíjense, caí como muerta. ¡Pácatelas, al suelo! A lo lejos oía una voz que llamaba, no por mi nombre, nadie lo sabía, más que mi entrevistador. Me decían «señorita, señorita» y yo despegada del mundo, como si estuviera metida en una cueva. *El sentido era rumbo a Iztapalapa.* Luego volví en mí, el sol me pegaba en los ojos, me dolían un brazo y un pie. Me recuperé con una coca-cola que me ofrecieron. Después me dejaron sentada un ratote y me puse bien. *De repente dio una vuelta en U.* Tenía, además, que pasar por unos libros para mi esposo. Ya lo esperaban los libros. Su tía, que es su madrina, una mujer muy buena y muy muy católica, le pagó con unos centavitos sus libritos, así que yo fui por ellos, qué barbaridad, con estos tacones, por eso me trepé al taxi, ¿ven?, porque ya en los camiones no podía detenerme y a esta hora, tan llenos, sin que nadie se apiade de una y libere su asiento. No les ha pasado que luego no pueden... *Regresábamos a Churubusco.*

Continué hablando como tarabilla. El chofer daba vueltas innecesarias, se metía por calles estrechas, aledañas a la dirección que le había dado. Las tipas no sé qué cara ponían. No permitía que se colaran en mi discurso, que no abandoné ni medio segundo. Desembocamos en la ruta correcta. Llegamos a la lateral de la avenida. Raúl caminaba de un lado a otro sobre la acera. Lo vi y le grité hasta la ronquera. El chofer paró el coche y las tipejas me pidieron que les mostrara cuánto dinero llevaba: apenas la cantidad suficiente para pagar el trayecto. Raúl se acercó, el conductor abrió la puerta y me apeé, pasando sobre aquellas mujeres, clavándoles los tacones de seguro, porque quería salir del taxi lo más rápido posible.

A Raúl le conté a trompicones el episodio. Se enfadó por la estupidez de haber detenido un taxi de la calle. «La ciudad de México es muy peligrosa», amonestó. «Deberías saberlo ya. ¡Puta madre, Fernanda, ¿en qué cabeza cabe?!».

Cuando le hablé del viaje con Sigifredo Altamirano, la reacción de Raúl fue decirme «ve, a ver si así te calmas y regresas a trabajar duro en tu tesis, ningún lugar mejor para eso que la casa. Con suerte compro una computadora para que te sea más fácil. No sé. Debemos empezar por saber cómo se usa. Por lo pronto tapa bien tu máquina eléctrica de escribir, no se vaya a empolvar durante tu ausencia». Lo aclaraba con sorna. Yo quería ponerme la pijama, desmaquillarme y mirar en la televisión por cable alguna serie. La conversación con Raúl quedaba agotada, por lo menos para mí. No estaba para oírlo y continuar con el asunto del taxi. En lugar de recibir su amonestación, debió felicitarme por mi capacidad discursiva para sobrevivir.

Mientras miraba la tele, mi marido caminaba de un lado a otro de nuestro minúsculo departamento. Se le cruzaba algo en la cabeza, lo desechaba y quizá lo volvía a pensar. Iba y venía con un artículo que tenía escrito a mano. No abría el pico, pero yo sabía que su intención era que yo lo pasará a máquina, ya que él mecanografiaba con un solo dedo, el índice de la mano derecha. El otro no le servía ni para limpiarse el oído izquierdo, hacía mucho que el juego de squash se lo había engarrotado. Prefería que sus trabajos sobre mercadotecnia se los pasará en limpio una secretaria. O yo misma. Como si fuera mi obligación. Esa noche, durante un comercial, le especifiqué que mejor se abstuviera si acaso pretendía pedirme que mecanografiara algo. El corazón se me aceleró por aquel acto de rebeldía, pero consideraba aquello como mis pininos para aprender a sacarme el brasier como hacía mi amiga. Raúl me observó con una expresión de azoro mezclada con furia. Poco más tarde se vengó de mí. Me impuso, tan luego apagué el televisor, hacer cuentas para mi viaje con Altamirano. No hay cosa más detestable para mí que elaborar un presupuesto. Peor todavía, en la noche, fatigada. Ése fue mi castigo, porque habría de abandonarlo por unos días, un mes cuando mucho, y por no mecanografiar su escrito. Cuánta maldad prodigaba este hombre, que a ojos de todos, menos de Altamirano, pertenecía al reducido grupo de los buenos.

Sirvió la sanción, sin embargo, para que yo comprendiera que convenía solicitar dinero prestado. Con mi sueldo y el de mi marido no alcanzaba para el recorrido por el Caribe y por Centroamérica. Altamirano, maestro emérito de la Facultad, con el máximo grado del Sistema Nacional de Investigadores, ya vitalicio, era genial pero un poco amarrete, así que, a pesar de los servicios que le prestaría, precisaba viajar apercibida con mis propios fondos. Por otro lado, estaba obligada a pagar deudas contraídas desde tiempo atrás. Advertía la satisfacción que ejercían en Raúl aquellos compromisos que me exprimían. Debido a eso, para poder embarcarme en la travesía con el historiador, hice tal alharaca con mi familia y mis amigos, me quejé tanto de mi poca capacidad económica durante los días siguientes, que Berenice decidió prestarme de sus ahorros; mi hermano Péter, a regañadientes de su esposa, me dio algo; mamá me proporcionó una extensión de su American Express, pero me hizo jurar sobre las cenizas de mi padrastro, que se guardan en una vitrina, que no la usaría a menos que me asaltará una emergencia durante el trayecto. No llevaría tarjeta de crédito propia, porque me encontraba hundida en el pozo de los que no podemos pagar un purgatorio fiscalizador e implacable llamado buró de crédito. El ISSSTE me otorgó una cantidad muy digna, pagadera en cuatro quincenas, y Papageno, a pesar suyo, cooperó. Mientras tanto, el doctor Sigifredo Altamirano conseguía que el Centro de Estudios Históricos nos costeara los boletos de avión México-La Habana, La Habana-San José, San José-El Salvador, El Salvador-México. Pasaríamos más de treinta días dedicados a investigar, no sólo en las bibliotecas, sino también por entrevistas a gente relacionada con la cuestión que magnetizaba a mi maestro, mi exigente asesor de tesis de maestría, que se había doctorado *magna cum laude* en la Universidad de Salamanca, en pleno franquismo, como hubiera dicho mi padrastro.

El tiempo corrió rápido. De pronto debía sacar un nuevo pasaporte en el edificio de Relaciones Exteriores en Tlatelolco y preparar mi maleta. La inminencia del viaje me asustaba. ¿Y si me enfermo y mejor ya no voy? Se abría un frente resbaladizo, el de la ropa para llevar. Mamá, para que no viajara yo tan desastrada, me prestó su collar y sus pendientes de perlas cultivadas y luego me llevó de compras. Primero fuimos a Liverpool de la avenida Insurgentes y después al Palacio de Hierro de la calle Durango. Ella manejaba su auto. Delgada y todavía bonita, se obligaba a reponerse de la muerte inesperada de mi padrastro, un padre realmente para mí y para mi hermano, además de padre biológico de mi hermana. Mi verdadero progenitor, un judío húngaro que llegó a México a principio de los años cincuenta, de quien ni siquiera recordaba su cara en vivo, porque para mí él sólo era una fotografía, había desaparecido en una carretera rumbo a un paradero desconocido. Para ese entonces, él y mi mamá ya se encontraban divorciados.

Sé que un despliegue de averiguaciones se llevó a cabo. El secretario de Gobernación del presidente López Mateos, el siniestro Gustavo Díaz Ordaz, amigo de un tío, movió a la mismísima policía política para encontrarlo. Pero nunca se supo nada. Desapareció del mapa. De él quedaron las instantáneas y una hermana en España que rara vez respondía a las cartas de mi madre. Machacona y terca, mamá mantuvo aquella relación epistolar por mi hermano y por mí. En 1965, recién casada con mi padrastro, en su viaje de luna de miel a la península ibérica, mamá se reunió con la tía Aranka, una mujer de pocas palabras, todavía asustada por la espantosa muerte de casi toda su familia durante el holocausto. Un tío de ella y de mi padre, junto con su mujer y otros parientes, había sido asesinado a orillas del Danubio, por allá de 1944, cuando Eichmann y su equipo se asentaron en Hungría. Entonces comenzaron a deportar judíos húngaros rumbo al gran crematorio de Auschwitz, donde mis jóvenes abuelos rindieron su vida ante la cámara de gases. Por suerte, y eso ya lo sabía por mamá, que un diplomático español, encargado de negocios en la embajada franquista de Hungría, Ángel Sanz Briz, había resuelto salvar, de motu proprio, a varios judíos húngaros. Lo logró y por ello lo llamaron «El ángel de Budapest». Proporcionó pasaportes españoles a todos aquellos judíos que alegaron origen sefardí, en virtud de un real decreto de 1924, surgido del gobierno dictatorial de Miguel Primo de Rivera. Poco después, ante las proporciones de la malignidad nazi, Sanz Briz auxilió a cualquier judío, tuviese origen sefardí o no. Franco no colaboró con Sanz Briz, pero tampoco impidió la labor del diplomático. Sorpresas que da la vida. La tía Aranka y mi padre se hallaban entre los cinco mil judíos húngaros cubiertos por el ala protectora del diplomático español. De Budapest viajaron a Madrid. De allí avanzaron a la ciudad de Toledo, donde se instalaron con precariedad. La tía Aranka nunca se ha movido de allí.

Todos estos avatares pertenecen a una memoria aprendida.

«¿Quién puede creer en la resurrección?», se preguntaba Irina, mi madre, después de que le referí la celebración de las misas sempiternas por el alma de Maximiliano en el Santo Sepulcro. Sentadas en una mesa de Sanborns, comíamos un sándwich y conversábamos. Me gustaba estar con ella, oírla comentar del mundo y de las circunstancias que vivía su familia y otras personas cercanas o lejanas.

Afuera llovía. Había entrado ya el verano de la ciudad de México. Era tiempo de aguas.

—No comparto las ganas que tiene mi hermana por viajar a Israel. Preferiría la India. En un viaje a oriente gastaré mis ahorros. Mis hijos que se las apañen como puedan. Especialmente tú, Fernandita, que eres una calamidad con el dinero.

—Poco a poco me compongo, mamá, pero necesito más entradas. De otra manera no tengo capacidad de ahorro. Ándale, ayúdame, además de los trapitos que me has comprado.

—El archiduque de Austria fue un hombre sensible, culto, liberal. Aprendió francés, italiano, inglés, húngaro, polaco, checo y, sin duda, español. Vivió su juventud en la corte imperial de Viena, dedicado a la lectura y a trabajar con adminículos científicos. Sabía de la guerra y de esgrima y montaba a caballo con enorme elegancia. A veces gastaba de más. Eso se sabe muy bien. Su hermano, Francisco José, en cambio, era austero y riguroso con las finanzas. Estaba casado con la famosa Sissi. ¿Te acuerdas que te llevé a ver películas sobre la emperatriz, representada por una inigualable actriz alemana, Romy Schneider, que años después se suicidó? En fin, yo también leo de historia, hija. En algo se asemejan tú y el archiduque. Eres una manirrota, Fernanda. Te tienes que someter a un presupuesto, como todo el mundo. Yo no soy Sofía de Baviera, madre de Maximiliano, que le cubría todas sus deudas. Debes tender a la moderación, mi niña, hasta para comprar libros. Sé virtuosa como administradora y no una despilfarradora. Tu marido te lo ha permitido. Por eso no tienen ni en dónde caerse muertos.

—Maximiliano compraba obras de arte como nosotros. Le gustaba gozar de lo bello, no importaba a qué precio. ¡Qué envidia!

—Pero el archiduque, Fernanda, era un Habsburgo, tú no, hijita, aunque corra por tus venas sangre húngara, y seguramente austriaca, por aquello del imperio autrohúngaro, no perteneces a ninguna familia real. Tu padre era judío. Yo prefiero que cuelguen de mis paredes los afiches de Vermeer y de Whistler, mis favoritos, que lo que tú y Raúl han adquirido en sus viajes a Oaxaca: caros y ni que fueran Toledos o Morales. No les encuentro nada de asombroso. Véndanlos, a ver qué les dan, y guarden el dinero en el banco, por favor. Ve con Dios, Fernanda, aunque no creamos en Dios. Ojalá prospere esa investigación. ¿Te dije ya que leí por ahí a uno que afirmaba que Carlota sufría de fiebre uterina? No sabes todo lo que se dice: que si tuvo un hijo con un coronel mexicano y llegó embarazada a Viena, que si fue otro señor el padre, cuyo nombre he olvidado. Luego dicen que no, que el chamaco sí era de Maximiliano, que vino a México y que lo mataron en una cantina de Tijuana. Luego se topa una con todo el chismerío acerca del emperador de México: que si era impotente, que si homosexual, que si concibió un hijo con una hermosa mujer llamada la «India Bonita». ¿Esto no les interesa a ti y a tu maestro? A mí me parece muy divertido.

—No, sólo queremos documentar, si lo logramos, que no fue fusilado en el Cerro de las Campanas y que luego vivió hasta su muerte en El Salvador. Ay, mami, lograríamos un importante descubrimiento.

—También decían que era sifilítico. Mi abuela me contó una vez que san Dionisio fungía como el santo patrón de los que sobrellevaban una enfermedad transmitida sexualmente. Qué locura que existan santos para todo. En fin, hija, que las cosas salgan como tú y tu extraño maestro lo desean. Y no dejes mucho tiempo solo a Raúl, es un buen muchacho, pero puedes terminar cansándolo. Voy al baño.

58 años y los señores aún la miraban con deseo, aunque ella no alimentara otro interés que ver a sus hijos y viajar a la India. «Mi último viaje», advertía. «¡Qué tristeza que no pude hacerlo con tu padrastro! ¡Estábamos los dos tan interesados en ese país! Volaríamos a Madrid y de allí a Bombay. La vida es, a veces, una mierda».

De niña pensaba que era una mujer de ojos apagados. Hoy pienso que debido a la vida difícil, aunque breve, que había llevado con mi señor padre. Pero cuando conoció al que sería mi padrastro, los ojos se le habían agrandado y adquirieron un chispeo notable. Lo recuerdo bien.

Cuando desapareció el judío húngaro, mi madre se vio en la necesidad de trabajar para mantenernos a mi hermano y a mí. Entró como correctora en una editorial, aunque había estudiado para secretaria bilingüe. Conocía bien el idioma español. En su escuela, de adolescente, ganó concursos de ortografía y desde entonces leía todo lo que le cayera en las manos. Cuando a mi padre se le consideró oficialmente desaparecido, nos mudamos con mis abuelos, hasta que, al poco tiempo, mamá se casó con el dueño de la casa editora, un refugiado español, algunos años mayor que ella y dispuesto a protegerla con sus dos hijos. ¿Y por qué pienso en todo esto? ¿Será que en vísperas de un viaje siento que voy a morir y reviso lo que ha sido de mí hasta ahora? ¿Me angustia separarme de mi madre, pero no de Raúl?

Continuaba la lluvia. A ratos amainaba y después volvía con denodado ímpetu. Llamé a Raúl desde un teléfono público para que no se alarmara por mi tardanza. Me mojé los zapatos. Mi marido no estaba en la casa.

En la ciudad de México, las vacaciones escolares daban principio en el mes de junio y, como ya dije, la temporada de lluvias. Llegaba a su fin la telenovela *Cuna de lobos*. Los guionistas del culebrón eran amigos de Altamirano y lo invitaron a ver con ellos el *grand finale*, que mantenía en suspenso a la mayoría de los mexicanos. Pocos días después, hacia la una de la tarde, me hallaba en el aeropuerto con mi maestro. Yo cargaba una maleta pequeña, en la que había guardado tres pares de jeans, varias blusas y camisetas blancas, dos pijamas y una bata, mis potingues y una pequeña secadora de pelo, por si los hoteles carecían del implemento. Eché un vestido negro de coctel y unos zapatos abiertos de tacón, amén de un chal de mi señora madre, «vestidor», decía ella, por si se necesitara. En mi bolsa venían libros y cuadernos y una bolsita de maquillaje. Me enorgullecía mi ligereza. En cambio, mi maestro se presentó con dos maletones, un *nécessaire* y un portafolio. Desde entonces iniciaron mis problemas y lo que después sería una dislocación del hombro. En ese momento, el viaje, las prisas, el entusiasmo me obnubilaban. Altamirano, que no encontraba sus tarjetas de crédito, me pidió que pagara su exceso de equipaje. Una larga fila de viajeros aguardó a que yo solventara la contrariedad. Saqué de mi cartera roja de piel, regalo de mi hermano, el dinero que no había pensado gastar hasta llegar a Cuba, y resolví el problema. También gestioné que le proporcionaran a Altamirano una silla de ruedas para desplazarse por el puerto aéreo hasta que abordáramos el avión. Yo llevé la mayoría de sus cosas personales, incluido un elegante bastón que había adquirido en Praga, antes de la ocupación soviética de 1968.

Nos tocaron asientos separados, guardé lo suyo en un compartimento y me senté a tomar notas. No lo vi durante el vuelo más que una sola vez. Pasó cerca de mí en compañía de un joven aeromozo que seguramente lo llevaba al baño.

Me gustaba encontrarme sola en mi asiento, sin tener que hablar con nadie. Experimentaba cierta timidez, algo extraño después de todo aquel arrojo que me impulsó a viajar con el viejo historiador.

Cada 19 de junio se celebra una misa solemne en el Cerro de las Campanas en honor del emperador Maximiliano, dentro de la capilla que mandó construir el gobierno de Austria en 1900, cuando ya se habían reanudado las relaciones entre ambos países. Los descendientes de los conservadores mexicanos aún asisten a la ceremonia religiosa. De los del emperador Iturbide, que yo sepa, el que mantiene la jefatura de esa casa imperial radica en Australia. No sé de ningún otro Iturbide en línea directa con el emperador Agustín I. De seguro, cada vez acuden menos personas a orar por Maximiliano. La colina ha sido tragada por el crecimiento poblacional y ahora se encuentra en un lugar céntrico, por lo que la reserva con la que antes se llevaba a cabo la misa de difunto de Maximiliano ha disminuido. La capilla se erigió con hierro y madera del barco en que llegó el engañado archiduque, el *Novara*. Al cerro se le llamó también «Cerro de las

Tres Cruces», porque se levantaron tres cruces por los ejecutados: Maximiliano de Habsburgo, y los generales Miguel Miramón y Tomás Mejía. Tres emes destinadas a una muerte temprana. El fusilamiento ocurrió en la ladera oriente. El lado norte es muy inclinado, así que hacia el sur y los otros costados hay menos desnivel. Como las piedras tienen aleaciones de bronce, plata, antimonio y cobre, al golpearse unas con otras suena como el tañido de una campana. Por eso llaman a la colina el Cerro de las Campanas.

En Jerusalén, en la basílica llamada el Santo Sepulcro, sitio donde los católicos creen que resucitó Jesucristo, también se honra a diario la memoria del de Habsburgo. Carlota, su viuda, dejó pagadas misas a perpetuidad. ¿Eso es posible? ¿Hasta allí puede alcanzar el dinero de alguien o es que las misas valen poco?

Loca loca, lo que se dice demente, no parece haber estado la triste emperatriz, porque, ¿cómo, entonces, tomaba decisiones políticas y mercantiles desde el Château de Bouchout en Meise, Bélgica, años después de la muerte de Maximiliano de Habsburgo, y además de que amasó una gran fortuna? ¿Esa riqueza se debió a su dinero invertido en las plantaciones de caucho que sembró su hermano Leopoldo en el Congo Belga? ¿Para qué querría lo de las misas en Jerusalén? Tal cosa no se aviene a las acciones de una desequilibrada. Acaso fue una mujer con tantas agallas que asustaría a muchos en aquella época. En 1865 viajó a Yucatán para conocer a los mayas y las ruinas de Uxmal. Debió ser un desplazamiento muy complicado en aquella época, lleno de peligros, de enfermedades acechantes. Pero, aun así, ella fue en calidad de emperatriz de México. Encima se dedicó a escribir un informe, en alemán, para que su marido lo leyera y se enterara de la vida que llevaban los pobladores de aquella península. A ella le gustaban las labores de gobierno, cuando Maximiliano viajaba y se ausentaba del castillo de Chapultepec, ella hacía las veces de regente. Audaz y empeñosa, desembarcó en Sisal el 22 de noviembre. Para ella todo era de una blancura amable e inesperada: la playa, los atavíos de los yucatecos, la sincera acogida. Se emocionó. Confundía a la selva con un bosque ininterrumpido. La deslumbraron las palmeras que se contoneaban con el aire. Al arribar a Mérida pensó que se trataba de un sitio medieval que se asemejaba a muchas ciudades españolas. Admiró los bordados en los vestidos de las mujeres, el don de gente de los habitantes. Luego se marchó con su séquito a Campeche, a Mucuyché, donde la familia Peón, cuya hacienda se encontraba amueblaba de manera imperial, la recibió regocijada. Nadó en un cenote, al que todo el grupo que la acompañaba descendió protegido con humo de cigarro para espantar a las abejas. Dicen que su traje de baño escandalizó a algunas señoras campechanas. No me puedo imaginar su bañador, como dirían los españoles, pero seguro le tapaba el cuerpo del cuello a los pies. Quizá se apreciaban sus formas un poco. No sé.

Decía que Carlota Amalia, como se hizo llamar en México, se interesaba por los asuntos de Estado. La pulsión por el poder la manifestó desde que se casó con el entonces esmirriado Max, alto y muy Habsburgo. El imperio de México, cuando les fue ofrecido a ella y a su marido, los alentó a probar una vida de mando y jerarquía, como la que sostenían Francisco José, hermano mayor de Maximiliano, y su esposa Sissi, que era de una belleza insultante. Luego de renunciar a la sucesión de la corona imperial de Austria-Hungría, Maximiliano y Carlota, estimulados por el emperador Napoleón III y la emperatriz Eugenia, y por una delegación mexicana del partido conservador, entre la que se encontraban José María Gutiérrez Estrada, Juan Nepomuceno Almonte, hijo de Morelos y Pavón, el general Miguel Miramón y otros insignes y muy católicos señores, que deseaban un imperio en México, como Dios mandaba.

Luego de un tiempo, entusiasmados por crear un México imperial, Maximiliano y Carlota Amelia cruzaron el océano Atlántico, decididos a gobernar el país de las pirámides. Se les coronó en la catedral de la metrópoli, el 10 de abril de 1864, y habitaron el castillo de Chapultepec. Carlota no era una belleza como su concuña, la emperatriz Isabel, esposa de Francisco José, pero era de rostro agradable, elegante y muy lista. Fue capaz de volver a atravesar el océano, rumbo a París y a Viena para que Napoleón III y el mismo Papa auxiliaran a su marido, en momentos muy difíciles. Nadie le hizo el menor caso. De plano, Benito Juárez se había empeñado en restablecer la república y contaba con el apoyo gringo. Mientras Maximiliano penaba en prisión, Carlota acudió a entrevistarse en Roma con Pío IX. Hasta ahora, ninguna mujer, que se sepa, ha pernoctado en la Santa Sede, excepto la emperatriz belga de México. Cuentan que allí presentó sus primeros síntomas de locura. Decía que la querían envenenar. Quién sabe, a lo mejor era cierto. Todas sus acciones, mucho después de la muerte de su marido, resultaban precisas, convenientes, así que habría que poner en duda su desequilibrio mental. A lo mejor la atacó un estado depresivo, cómo no, con tanta mohína, un estado con visos medio psicóticos acaso, que sin duda remitió con el tiempo. Era una tipaza, por eso su suegra, Sofía de Baviera, la prefería a la excéntrica Sissi.

Lo de la emperatriz Isabel pertenece a otra historia. Como el doctor Altamirano dice, debo apegarme más a Carlota y, desde luego, a Maximiliano, que es el objeto de toda nuestra investigación. Sin embargo, Sissi resulta un personaje muy atractivo. Me parece que le ganaba en locura a Carlota, si es que la belga alguna vez estuvo privada de sus facultades mentales. Sissi, por ejemplo, comía pescado hervido, un poco de fruta y carne exprimida, nada más. Odiaba Viena, el protocolo y sus exigencias la deprimían, despertaban en ella barruntos de enfermedades que la ahuyentaban de allí. En cambio, se sentía feliz en Hungría. Su vida no marchó con placidez. Tampoco la de Carlota de Habsburgo. Se rumoraba que la belga, desesperada por darle un hijo a Maximiliano, acudió a una curandera, quien le procuró la ingesta de un hongo llamado *teyhuinti*. Existen noticias de que el brebaje lo preparó una de las amantes del emperador o, también, que lo había elaborado una seguidora de Benito Juárez, con el objeto de abismarla hacia la demencia.

Necesito investigar qué contiene el teyhuinti. Se distingue por su color leonado, tiene un gusto amargo y no es desagradable a la mirada. Hasta allí sé. Se registra más poderoso y enloquecedor que el alcohol. Demoran un rato los efectos, pero no años. Si Carlota no lo consumió por largos meses, que quién sabe, se desintoxicaría de forma natural.

¿Cómo será el puerto de Sisal en Yucatán? ¿Todavía blanco y lleno de palmeras? Según mi hermano Péter es un sitio muy feo.

Creo que tomo notas sin rigor alguno.

A pesar de la pátina de los años, detenida en la década de los cincuenta, La Habana animaba a recorrerla de inmediato. Por si fuera poco, la presencia del mar la dotaba de cadencia y la cubría un cielo abierto, casi siempre. Junto con el doctor Altamirano, que ya había visitado Cuba en otras ocasiones, sentía la felicidad que produce llegar al sitio destinado y contemplar un escenario distinto. Aunque a la ciudad la veíamos en blanco y negro, la belleza de sus edificaciones nos encandiló. Queríamos andarla por aquí y por allá. Altamirano se acordaba de Cádiz, ciudad de donde había sido oriunda su familia materna, mientras el taxi nos conducía al hotel El Nacional. Yo distinguía algunos estilos arquitectónicos, en lo que dejaba entrar el aire por la ventanilla de mi lado. Altamirano, a pesar del calor, solicitó que tanto yo como el conductor nos abstuviéramos de enfermarlo. Cualquier mínima corriente le molestaba, a pesar de la humedad que se pegaba al cuerpo. Obedecimos. Recordé a mi amiga Berenice y se me ocurrió que empezaba ya mi calvario.

Desde que accedimos al hotel, tuve la sensación de haber cruzado una línea en el tiempo. Las losas mudéjar que cubrían la mitad de las paredes del *lobby,* los arcos, las columnas, las lámparas y los techos de viga isabelina eran una mezcla rara. Altamirano me observó deleitado.

—Alejo Carpentier, el novelista cubano, definió a El Nacional como un castillo encantado. Sabía mucho de arquitectura y de música. ¿Te parece si dejamos un váucher de tu tarjeta de crédito aquí en la recepción? A mí me sale mal la firma cuando me tiemblan las manos y hoy me tiemblan por los nervios del viaje. La vejez te juega malas pasadas.

Asentí, qué otra cosa podía hacer, y saqué de mi apartado secreto la flamante American Express. Presupuse lo que le diría mi madre si se enterara, pero sólo se trataba de un váucher abierto, sin cargos. El bellboy nos condujo a nuestra habitación. *Seguro ha de creer éste que soy la esposa ambiciosa que aguarda la pronta muerte de su anciano marido.* El muchacho, muy quitado de la pena, nos refería historias del hotel, de que las habitaciones pasaron por un proceso de restauración y de que allí se habían hospedado grandes personajes. Nombraba de memoria y en cubano los nombres de Johnny Weismüller, de Buster Keaton, de Ava Gardner, de Winston Churchill y del duque de Windsor. ¿Sabría realmente quiénes habían sido esos personajes?

—También Frank Sinatra, ¿no es así?—dijo en tono coqueto Altamirano.

Nos alojaron en un cuarto grande, con dos camas: una *king size* y una pequeña, como de sanatorio, misma que me tocó a mí. Ayudé a mi maestro a desempacar. Sus trajes de lino llenaron el clóset. Sus camisas y su ropa interior apenas si cabían en la única cómoda existente. Me adapté como pude. Por fortuna las camisetas no se arrugaban dentro de mi maleta. Organicé mis cremas, mi maquillaje, mi peine, mi cepillo de dientes y otros chismes en una pequeña mesa redonda, ubicada cerca de la ventana, que daba a la calle y no al mar. Luego los trasladé a otro sitio, porque Altamirano fue ocupando la mesilla con libros y varias libretas que llevaba. Aquella tarde, el cansancio le brotaba en el rostro. Enormes ojeras le oscurecían la mirada y los pómulos prominentes le dibujaban la calaca. Sus labios delgadísimos quedaban casi ocultos. Se veía tan mal, que me dio miedo que se muriera allí, conmigo, en ese instante.

Cuando anunció que se daría un duchazo, me perturbé. Le pedí que esperara a que conociera yo el baño, a que le soltara el agua de la regadera y le preparara una muda de ropa. Necesitaba cerciorarme de que no habría accidentes dentro de la ducha ni al salir de ella. Busqué en su valija unas chanclas de plástico pero no se las habían empacado, según me aseguró. Sólo por eso me di cuenta que le hacía falta la ayuda de Juan, el chamula. Por fortuna había un tapete de plástico que se adhería al piso, y también, como en cualquier hotel, descubrí una toalla para los pies, de esas que ayudan a evitar resbalones, en unos entrepaños cerca del lavamanos. Dispuse todo para no ver a Altamirano en cueros, lo cual me habría avergonzado. El historiador se pudo secar sin mi auxilio y, por lo menos, ponerse los bóxer él solo. Lo único que le colgaba cuando me pidió que lo ayudara a peinarse y a abotonarse la camisa, fueron sus flacos músculos pectorales y la barriga, un tanto arrugada. De reojo, sin embargo, me di cuenta que su pene, el que se sacaría para orinar durante todas las noches, era inmenso.

Una vez vestido él, entré a la regadera. Me enjaboné con prisa, como si algo fatal pudiese ocurrirle a Altamirano en la recámara. Apenas me pasaba la toalla por la espalda, cuando una pequeña comezón, unos centímetros arriba del ombligo, me descorrió una dermatitis, con varios puntos rojos. Como nada me importaba más que la investigación y que mi maestro la compartiera conmigo, no me apuré. Sería yo como la María Kodama de la historia de México, que, en este caso, abarcaría a otros países. Sin casorio de por medio, claro estaba, ni viudez ni herencia.

Bajaríamos al bar del hotel. Altamirano deseaba tomarse unos mojitos y presentarme allí a un joven amigo suyo cubano. Sólo dijo amigo, así que no sabía yo si el susodicho nos conduciría a la investigación o nada más pasaría a saludar a mi profesor, vestido esa tarde con el mismo traje marrón de lino que yo le conocía y una camisa de seda verde seco. Mis jeans y mi blusa blanca desentonaban. Caminamos por un pequeño jardín, sombreado por palmeras delgadas. Frente a nosotros, el mar Caribe. A pesar del verano chicho y calmado, se oía la bulla de las olas al romper sobre las rocas.

El conocido de Altamirano, un mulato muy alto y musculoso, se llamaba Mijaín García. Era filólogo en la universidad de La Habana, y poeta. A pesar de su juventud, le crecía un lunar de canas cerca de la frente. Hablaba mucho y, en vez de mojitos, bebía ron solo. Se refirió a mucha gente que yo no conocía. Para no hacerme a un lado en el encuentro, Mijaín y Altamirano me daban señas de cada personaje, aunque el cubano me miraba muy poco a los ojos. Eso, como en el caso de mi maestro con Berenice, me desesperaba. Altamirano, durante la conversación, se manifestaba muy interesado en una tal doña Odalys, probable enlace con alguna otra persona. Quizá ella misma nos ofrecería un testimonio importante.

Me gustaba el aire de la noche, quería pasear, conocer La Habana. Mijaín nos propuso cenar fuera del hotel, así que Altamirano se encargó de la propina del mesero y los alcoholes bebidos se cargaron a nuestra habitación. Anduvimos un buen rato, despacio, hasta que el maestro se cansó. Le dolía el talón de un pie, con verdadera inclemencia. Se apoyaba en su bastón checoslovaco, con todo su peso. Conseguimos un taxi y nos dirigimos al Floridita, el restaurante que Ernest Hemingway volvió famoso. No lo dije, pero me avergonzaba no haber leído a Hemingway. Mi padrastro sí conocía su obra, lo admiraba, quizá menos que a otros escritores. Cuando hablaba de literatura y yo lo escuchaba, me parecía que por ósmosis conocía la escritura de autores que yo no había leído. Sabía, eso sí, casi todos los títulos del autor estadounidense, asentado en la isla de Cuba. Su carácter, tan de macho, a quien le gustaba las corridas de toros, la pesca y las armas de fuego, me caía mal.

Las referencias de Altamirano y Mijaín al gran autor fueron mínimas. De inmediato ordenamos la bebida clásica del Floridita, según corre el rumor, creada por el propio Hemingway, el daiquirí. Mijaín liquidó aquella historia. El autor de *El viejo y el mar* había hecho famosa la bebida en sus libros, pero la había inventado otro, un ingeniero americano, Jennings Cox, que trabajaba en una mina de hierro en Santiago de Cuba. Cuando se terminaba la ginebra, mezclaba ron, que era lo que había, con jugo de cítricos.

Aquella fue una noche ostentosa, tomamos varios cocteles de sabores distintos y comimos langosta. Mijaín, que seguía arrebatándonos la palabra y mangoneando la plática, prometió trasladarnos hasta la casa de doña Odalys al día siguiente. Poco a poco comenzó a mirarme. Primero de reojo y a poco ya ponía su atención en mi cara. Lo agradecí para mis adentros. Necesitaba una mirada amiga.

Pasadas las doce de la noche, Altamirano encubría a un vampiro dentro del traje claro. Las ojeras se le habían convertido en huecos al regresar del baño, a donde lo acompañó Mijaín después de la cena. De ahí regresó con los labios amoratados. Quería regresar al hotel. En el Floridita no quedaban más comensales que nosotros. Cada uno pagó su parte y volvimos a subirnos a un taxi. Los daiquirís me habían mareado. Me angustié, porque la que debía cuidar de Altamirano era yo. Mijaín se dio cuenta de nuestro estado y arrampló con nosotros hasta El Nacional. A esa hora no le permitieron entrar. Ya en el cuarto, ayudé a que Altamirano se pusiera la pijama. Lo dejé dormido y entonces me desmaquillé, me metí los pantalones de dormir y su camiseta correspondiente y me acosté en la camita que se me había destinado. El sopor de las bebidas nos mantuvo cuajados hasta el día siguiente.

Dar con la señora Odalys no fue fácil. El propio Mijaín se confundió varias veces, mientras buscábamos su casa en el municipio de Matanzas. Antes habíamos tomado la Vía Blanca, una carretera panorámica, en un viejo Chevrolet del año 56, que la universidad le había prestado a Mijaín para que Altamirano transitara a gusto. El deleite por bullir en tierras desconocidas sacaba a relucir mi espíritu expedicionario, mientras las condiciones fuesen confortables. Ése era otro conflicto con mi marido: Raúl disfrutaba acampar, mientras yo lo detestaba. Mi maestro iba callado, absorto en el paisaje. Manifestó que tenía hambre. Precavida, llevaba una penca con cinco plátanos que había tomado de la mesa del buffet de desayuno del hotel. Atamirano se comió dos bananas con voracidad y Mijaín otras dos. Reservé la última para mí, la retuve en mi bolsa de paja. Después de muchos rodeos, llegamos a una vivienda donde los barrotes del único balcón eran de madera, ya deteriorada por los años, lo mismo que el resto de la pequeña edificación. Miajín zarandeó una aldaba, después de estacionar el automóvil. Lo hizo varias veces, hasta que a la puerta acudió una negra, mujer enjuta, de unos setenta años de edad, que llevaba un puro entre los labios bembos.

—Pasen, se tardaron. El tiempo es un enemigo si no se lo respeta. No lo olviden.

Yo no tenía la más remota idea de qué hacíamos allí, pero no se necesitaban muchas luces para darse cuenta que Odalys albergaría una ceremonia santera. Se refirió a los Orishás, espacialmente a Inle, el médico, que representaba a san Rafael, el arcángel que cura y sana, según me explicó Mijaín. Nos había conducido a un patio donde tres gallinas flacas revoloteaban y un par de conejos comían herbaje. Tener esos animales era la abundancia en Cuba, según me explicó el filólogo cubano. Nos sentamos en la banca que nos señaló la santera, bajo la sombra, y a Altamirano lo condujo a un cuarto lleno de cachivaches.

—Yo creía, Mijaín, que venir aquí nos conduciría a nuestra investigación, que averiguaríamos algo sobre Maximiliano, no a un acto mágico.

—Tú, espera, chica, que en la vida hay que aprender de todo lo que se pueda. Además, lo que él necesita es que lo curen.

—¿De qué?

—De sus males, que son muchos.

—La edad también tendrá que ver, Mijaín.

—Eso principalmente.

Engullí el plátano, mientras a mi maestro le echaban los caracoles. Podíamos ver desde nuestro lugar, caldeado a pesar del cobijo de una ceiba, el trasiego de Odalys. Yo no entendía mucho, pero había una condena de muerte sobre mi maestro. Odalys procuró que los problemas relacionados con la salud se resolvieran mediante un sacrificio. Cogió a una de las gallinas, la única blanca de su pequeño corral. Le torció el cuello, hasta que logró que la sangre se derramara sobre el pecho desnudo y canoso de mi tutor, cosa que me horrorizó. En el patio olía a algo podrido, a muerte, pero de esa putrefacción surgiría algo bueno, opinaba Mijaín. Eso esperaba, ya que me encontraba en una situación inédita y creía a pie juntillas en todo lo que hiciera Altamirano. La negra fue tras un conejo, también blanco. Mientras yo vomitaba el plátano, ella, de un atinado cuchillazo, le abrió la garganta al pobre animal.

Odalys percibió mi angustia y me dijo, después de tragarse una buena cantidad de ron, que luego escupió:

—No te preocupes, mi niña, tú emanas la energía de Ashé. Dios Olodumare te habrá de proteger en su momento.

—¿De veras?

Mis antecedentes gallegos, mexicanos y húngaros se difuminaron en ese momento. Provenía de Nigeria, de la tierra del vudú, según me explicó Mijaín, entusiasmado por el elogio de Odalys a mi persona. Así lo quise creer.

La bruja, o santera, me observó con los ojos acuosos, mientras Altamirano debía permanecer en el suelo de aquella estancia, a la que temía asomarme.

—Pero el camino es difícil. También necesitas de los Orishás, especialmente de Changó para despertar tu ingenio, mi niña, y de Yemayá, por si el dios del trueno se enojara contigo.

Se dio la vuelta, volvió al cuarto y, con un ramo de hierbas, comenzó a darle duro al historiador en una lengua mezclada con el español y alguna otra, acaso la que guardaba vestigios del África negra, de la lengua que se hablara en Namibia cuando tantos negros fueron esclavizados y traídos a América.

Me quedé pasmada por mi ignorancia sobre la santería. ¿Quién era Changó? ¿Qué significaba? ¿Por qué retenía mi agudeza? ¿Yo no era aguda? ¿Y Yemayá quién era? Espoleaba el oído para escuchar claramente lo que Odalys decía en tono de invocación: «¡Maferefun, babá, erinle, maferefun, babá, erinle!». Me acordé de mi padrastro que recitaba de memoria a Nicolás Guillén:

> Sóngoro, cosongo,
> songo be;
> sóngoro, cosongo
> de mamey;
> sóngoro, la negra
> baila bien;
> sóngoro de uno,
> sóngoro de tré.

Mijaín trató de distraerme contándome historias de su familia y de sus amigos. Apenas hablaba de sí mismo a pesar de su afición parlanchina. Su madre era enfermera, pero desde un tiempo atrás trabajaba en un laboratorio donde se ordeñaban alacranes azules. El veneno curaba o retardaba el crecimiento del cáncer, aseveró. Su única hermana residía en Santiago y era pianista.

Acabó la ceremonia con más ramazos y cánticos, a los que ya no les puse atención. Odalys me regaló unos collares de cuentas durante la despedida. Parecía drogada, más que borracha, y despedía un aroma a almendras dulces y a naranja, mientras que el tufo de mi maestro me provocaba náuseas. Mucho advirtió la negra que su cliente no debería ducharse hasta el día siguiente, que necesitaba dormir con la ropa que llevaba y en la mañana vestirse de azul claro y turquesa, si eso fuera posible. A mí me sugirió que no me desprendiera de los collares que me había colgado del cuello.

El camino de regreso en aquel viejo Chevrolet, al que no le bajaban del todo las ventanillas, más el sopor de la tarde caribeña, nos martirizó a Mijaín y a mí. Altamirano, a quien siempre había visto trajeado y acicalado como un dandi, cursi, pero bien vestido, parecía un zombi: ensangrentado, con aspecto de cuerpo que se descarnaba. La vista anchurosa de la autopista hacia La Habana estaba cubierta ahora por la pestilencia. Altamirano ni se inmutaba. Como yo, recordó el «Sóngoro Cosongo» de Nicolás Guillén y comenzó a decir parte del poema:

Aé,
vengan a ver;
aé, vamos pa ver;
¡vengan, sóngoro cosongo,

> sóngoro cosongo
> de mamey!

Era la noche cuando llegamos a La Habana. Mijaín nos dejó en nuestro hotel. Nadie notó la entrada nada triunfal de mi maestro, pero estoy segura que el cerco de fetidez alcanzaba a llegar al malecón. Le pedí que subiera solo por el elevador porque yo necesitaba ir al sanitario del lobby, no era capaz de aguantarme hasta la habitación. Me venían arcadas de vómito a cada rato. Pidió, entonces, que solicitara agua embotellada, «varias botellitas, mi linda, mi sed es oceánica». De pensar en todas las veces que el historiador requeriría de orinar, me dio un vahído tal, que busqué donde arrellanarme un ratito. ¿Cómo dormir en aquel camastro incómodo, cerca de él?

No fue posible evitarlo, pero al menos derramé sobre mi almohada algunas gotas de mi perfume, un Chanel Cristalle, regalo de mi mamá. Apagué el aire acondicionado y abrí las ventanas del baño, las ventilas y oré por todos los Orishás para que Altamirano no hiciera pipí. Me quedé dormida *ipso facto*, soñé con Elegua, con mi marido y con Yemayá. Me hundí profundamente en un mar de situaciones oníricas; una más descabellada que la otra. Cuando desperté, mi maestro tenía el ralo pelo húmedo por el agua, vestía de color alpaca, llevaba un gazné aqua y olía a loción fina.

—¿La ropa ensangrentada, doctor, qué se hizo?
—Me deshice de ella con la ayuda de Mijaín y de uno de los bellboys que entendió de qué se trataba el asunto. Te doy media hora para que te arregles. Después del

desayuno haremos una visita fundamental para nuestra investigación. Linda, no lo tomes a mal, pero hueles a plátano fermentado.

En el Vedado se encontraba la casa de doña Lirio, a tan sólo unas cuadras de El Nacional. Altamirano me había pedido que metiera en mi cartera roja 500 dólares míos. «Por si llevamos a cabo la transacción. En la noche te los devolvería». Asentí un tanto a disgusto, pensando por qué no cogía él de su dinero. No dije nada, no lograba encarar a mi maestro. Salimos a la calle y caminamos, acompañados por Mijaín. El calor se sentía desde temprano, así que me había puesto unas sandalias muy cómodas y muy abiertas. El maestro me reconvino por no esmaltarme las uñas de los pies. «Claro, como al Papageno de tu marido todo le importa un pito, acabarás sin arreglarte».

    Esa mañana me irritaba Sigifredo Altamirano. Mijaín no dejaba de hablar, cosa que agradecí, para no oír la voz del historiador durante un rato ni tener que entretenerlo con alguna historia que lo divirtiera y apelara a mi agudeza, la que me faltaba según los Orishás.

El sol me resultaba fastidioso, la transpiración me ensortijaba el pelo y percibía cómo se me corría el rímel, aunque en menos de un cuarto de hora nos encontrábamos en donde vivía doña Lirio, una mansión del siglo XIX convertida en oficinas. Después de la Revolución, a Lirio Armendáriz Frías la sacaron de su residencia, pero le permitieron vivir en la casita de los jardineros, a pesar de que la mansión había pertenecido a su familia por algunas generaciones.

—Suficiente para mí, que me quedé casi sin parientes desde los veinte años. Mi hermano y sus gentes cogieron para Miami. Tengo aquí de todo, chico —le decía a Altamirano— y me dejan pintar mis cuadros, aunque no siempre consigo los colores que quiero. He aprendido a hacer unas mezclas muy chéveres, con tinturas. Yo misma, chico, macero plantas, hago mis propias soluciones y, con gasa que compro en la botica, filtro la cosa. Mira, tú, el ventanal y la luz que entra. A mi difunto marido le gustaba mucho. Pobre, se murió en plena juventud. ¿Qué tú sabes de su gente, Sigifredo, la de Puebla en México?

Altamirano narró historias de aquellos poblanos. A veces, creía, y pienso que no erraba, que el maestro fraguaba lo que decía. Su predilección consistía en reseñar quiebres de matrimonios y surgimientos homosexuales.

—El alma posee un sexo y no se abandona. No importa si naces hombre o mujer, asunto puramente biológico y no espiritual. Es un claro principio platónico.

Eso explicó con respecto a un sobrino del difunto

marido de doña Lirio que acababa de salir del clóset, un tal Leopoldo, por el que la señora inquiría con especial afán.

—Quiero mucho a Leopoldo. Se quedó aquí conmigo un tiempo. Sabes, es como un hijo. Un chico muy espiritual, gran lector. Guapo, muy guapo. ¡Qué raro! Estuvo enamorado de una sobrina de mi cuñada. Me preocupaba no tener cartas suyas desde hace tiempo. Me han llegado postales de él provenientes de muchos países, en la que no me dice nada de su vida. Sólo me expresa siempre su agradecimiento y su cariño. He querido mucho a ese *chamaco*, como dicen ustedes.

Nos sentamos a la mesa del comedor, ya que la sala funcionaba como estudio. Sólo había allí un viejo sillón estilo inglés, que Doña lirio cubría con un mantel de plástico. Trajo café, servido en una tetera, unas tazas pequeñas de diversas vajillas y a cada uno nos dio un terrón de azúcar.

Sigifredo Altamirano no podía estar más contento. Doña Lirio era su gran amiga y tenían muchos conocidos en común, cubanos y mexicanos y unos salvadoreños. Allí estaba la pista, pensé yo, mientras admiraba la paciencia de Mijaín, esta vez callado. Después de todo, él no llevaba ningún interés, por lo menos no en cuanto a lo de Maximiliano se refería.

Altamirano pidió ver el retrato y doña Lirio lo extrajo debajo de la poltrona inglesa. Pidió que retiráramos todo de la mesa para hacerle espacio, acción a la que nos abocamos únicamente Mijaín y yo, preguntando dónde poníamos las cosas y colocando de inmediato todo en su lugar, que era el fregadero, por el momento. Ella plantó un cartapacio grande, desató un moño oscuro y polvoriento que lo mantenía oculto y apareció una vieja fotografía en la que se apreciaba a un hombre de principios del siglo XX, de ojos claros seguramente, cierta corpulencia y trajeado de forma impoluta. Rubio, a lo mejor. La foto se apreciaba ligeramente retocada con colores.

—Podría ser —dijo Altamirano observando fijamente la imagen.

—Te digo, Sigifredo, que esto pertenecía a los Arbizú. Marina era prima hermana de mi mamá, salvadoreña, como tú sabes. Mi madre nos aseguraba que se trataba de Maximiliano de Habsburgo, sólo que con otro nombre. Míralo bien, convéncete y te lo vendo. De aquí que no salga este trato, Mijaín. Ya tú sabes, chico.

Mijaín hizo un gesto negativo con la cabeza, cerrando los ojos apenas, como para contestar que nadie habría de enterarse. Aquello se consideraba mercado negro en Cuba y la ley lo castigaba. Por mi lado, más animada después de tomarme el café de la señora Lirio, me escurrí hasta acercarme a mi maestro para observar el retrato. Aquel hombre, de postura altiva, barba no muy larga y mirada clavada en el fotógrafo, como si hubiese sido sorprendido por él, reproducía a un Maximiliano mayor, de profundas ojeras y sienes punteadas por canas, imaginaba yo, porque portaba un sombrero de copa. Maximiliano había sido un hombre muy delgado y éste no lo parecía tanto. Sin embargo, la nariz aguileña, delgada, que se apretaba hacia la entrada de las fosas nasales, se asemejaba mucho a la del emperador. Ése era un indicio relevante.

Altamirano se me acercó al oído y me susurró que exhibiera el dinero. Obedecí sin más y se lo entregamos a Lirio, a la que Mijaín y yo tuteábamos ya, por órdenes de ella. Según deduje por una conversación que mantuvo con su amigo Sigifredo, aparte, en el «estudio de pintura», y de la que pesqué algunas frases, la mujer deseaba abandonar la isla y unirse con sus sobrinos, los hijos de su único hermano ya muerto en Miami. «Necesito juntar dinero, habría manera de salir, pero el problema es que no tengo suficientes fondos. Los parientes envían de afuera, pero nunca es suficiente».

Disimulé no haber escuchado nada.

Dejamos a Lirio complacida, casi feliz, y guardamos el cartapacio con la supuesta fotografía de Maximiliano de Habsburgo, alias Justo Armas. De allí fuimos a beber mojitos en un bar frente a la playa, fuera del Vedado.

Altamirano nos anunció que por la tarde asistiría, él solo, a un compromiso, en compañía de sus viejos camaradas. No podía hacerse acompañar de Mijaín y aún menos por mí. Del bar, en el destartalado Chevrolet, llegamos a un paladar al que nos llevó el joven cubano. Por vez primera disfrutaba yo de un caldo con yucas y de unos frijoles cocinados con ajo. Altamirano devoró de todo, bebió más mojitos y se manchó el impecable saco azul claro que llevaba puesto. Nos apuró para que tuviera tiempo de cambiarse en el hotel, donde me quedé un rato con Mijaín bebiendo café y oyéndolo hablar de Cuba.

—¿A dónde iría con tanta prisa el doctor Altamirano?

—Jamás lo creerías, chica. Asistirá a un concurso de penes descomunales.

—¿De qué?

—Ay, chica, ¿no tú sabes que los cubanos tenemos fama de poseer pingas grandes? Altamirano demostrará, en un club de viejos historiadores, que la de él supera a la de todos, incluidas las de dos negros negros, color piano. Esos dos son los jóvenes del grupo, no pasan de los sesenta años.

Mijaín se soltó a reír a carcajadas y yo no sabía si seguirlo o sonrojarme. Después de todo, pensé, los homosexuales mantienen extrañas costumbres. O quizá fuese un esquema machín y, a cierta edad, como cuando eran adolescentes, los hombres necesitaban probar su poder fálico. Probablemente, ganaría mi maestro. Lo que yo le había visto era monstruoso y eso que pendía como badajo de campana.

Mijaín se disculpó y me quedé sola, a mis anchas. Recorrí el hotel y descubrí, azorada, aunque se encuentre allí para los turistas, un pequeño pasadizo lleno de fotografías en los muros, que formaba una trinchera frente al mar. Se acondicionó por aquello de Playa Girón, en la eventualidad de que los gringos se lanzaran contra La Habana. Playa Girón, pensé, había sido una gran lección para los gringos, que ni qué. Más allá de la prolongada dictadura castrista, aquello resultó bíblico: David contra Goliat. Fidel mismo arrojó una granada a la nave madrina estadounidense y la deshizo. Increíble. Eso contaba mi padrastro durante las sobremesas, en los domingos en que él y mi madre se juntaban con sus amigos y los hijos de todos. Los chavos procesábamos en nuestra fresca mente aquellas historias, cuando no estábamos dispersos en los patios, en algún jardín o en la habitación de alguno, bajo la vigilancia de una sirvienta. Era la década de los setenta, cuando todavía se tenía nostalgia por los años anteriores, por la revolución cubana, por los hippies, por los Beatles que se acababan de separar, por el *peace and love*, y se refería, paso a paso, lo sucedido en México en el 68, lo expuesto por Luis González de Alba, lo escrito por Gilberto Guevara Niebla, la presencia de José Revueltas en el movimiento estudiantil, donde muchos de los padres allí presentes habían participado. Un primo hermano fue encarcelado. Eso significó un gran suceso para él, desgraciado en el principio y luego aleccionador y definitivo. Recuerdo muy bien aquello. Yo tenía diez años, quizá los once ya. Mi mamá, su hermana y mi abuela lloraban como plañideras, porque mi primo era debilucho, su miopía era muy severa y siempre estaba bajo de peso. Estudiaba en la Facultad de Ciencias Políticas. A pesar de lo ñango, tenía una novia que parecía quererlo mucho. La vi muchas veces en casa de mi tía. Me fascinaba su arreglo hippie. Por fortuna, al primo lo liberaron pronto y se acabó el drama familiar. Después de la cárcel, siguió corto de vista, pero se le notaba enjundia en el rostro, en los andares y en el carácter.

En esa guarida del hotel El Nacional, a la que arribé sin proponérmelo, me sentí tristona. ¿Y ahora qué? Mi maestro parecía interesado en muchas otras cosas, cuando yo esperaba que se dedicara más a nuestra investigación. ¿Quién era el candoroso, el superficial ahora? ¿Intervenir en un concurso de penes, a su edad? Por si fuera poco, lo de la santería se pasaba de castaño oscuro, como decía mi abuela española, la única que conocí.

Hacía un calor húmedo. Caminé por los jardines, poco extensos, montados en esa fortaleza. Me dirigí al bar, insegura, pero al fin y al cabo llevaba un libro en la bolsa para no mirar a nadie y resguardarme del mundo. Leería sobre los Habsburgo. Escogí una mesa y pedí un daiquirí. Mientras abría las primeras páginas de *The Habsburg* recordé con cariño que mi abuelastro bailaba *Conga dans la nuit*. Me metí en la lectura. Para cuando me trajeron la segunda bebida, me abordó un joven, mucho más joven que yo. No podía resistirme a atraer a alguien menor a mi edad, así me hacía las ilusiones de que no me acercaba a la treintena, con mi traza juvenil, enfundada en unos jeans, con pelo alborotado y poco maquillaje. *Qué tiene esa joven que quiere ser niña siendo señora.* Dejé que se sentara, a sabiendas de que podría tener malas intenciones. Qué importaba. No me lo llevaría a México, ni le daría entrada, allí, durante la noche que comenzaba a pardear y que me descontentaba.

Justo Armas ¿quién eras? Apareciste en la capital de El Salvador a finales del siglo xix. ¿Tenías unos cuarenta años? Guapo, culto, elegante. De inmediato te acomodaste entre las familias más prominentes, que eran pocas, de aquella república tan lejana de Europa. ¿Por qué lo tuteo? Perdón, su excelencia. ¿O cómo debo dirigirme a usted? ¿Su majestad? Qué complicado. No sé cómo comportarme ante la realeza, entre otras cosas porque me importa un demonio y sépase que a mí, en lo particular, usted me agrada, por su figura trágica, su historia, su gusto por la poesía, la pintura, las mariposas y otros bichos y por su liberalismo. Corrían muchas versiones acerca de sus defectos. La gente afilaba la lengua para nombrarlos. Se conoce, eso sí, cuándo y cómo lograba poner en marcha sus mejores intenciones. Todo sucedió demasiado rápido durante su imperio. Aun así, ¿viera qué huella tan marcada dejó? ¿Cómo era usted, además de Habsburgo y todo lo que eso conllevaba?

Los rumores en México eran contradictorios. Algunos sacaban a colación su homosexualidad, Maximiliano, permítame llamarlo por su nombre. De haber sido homosexual, no tendría nada de malo. Pero ¿y la pasión que Carlota le profesó? Usted mismo sufrió por la muerte de su prometida, aquella princesa portuguesa de la que se había enamorado, Amalia de Braganza, su pariente, como toda la realeza europea. Hija del emperador Pedro I de Brasil, quien más tarde reinaría, por un breve periodo, como el rey Pedro IV de Portugal. Se dice, y aquí volvemos a los chismes y a la leyenda, que el día de su fusilamiento, el de usted, emperador Maximiliano I de México, usaba todavía un anillo donde escondía un rizo de la princesa Amalia, la joven tuberculosa. Nos preguntamos todos, su serenísima majestad, o cómo se hayan referido a usted, si la encantadora emperatriz Carlota hubiese permitido que un dedo de su marido albergara semejante sortija, con pelo de otra mujer. Claro que nosotros quisiéramos convencernos de lo otro, de que el pacto masón era inviolable entre cófrades y que Juárez, por lo tanto, lo respetó y lo dejó libre para transformarse en Justo Armas, hombre de buen ver, cercano a la familia Lardé en El Salvador y de otras más; que ya muerto Maximiliano de Habsburgo, usted se dedicó a asesorar a la cancillería salvadoreña, a fungir como jefe de protocolo, acicalado, trajeado... y descalzo, siempre descalzo, por una promesa hecha a Dios, a la virgen de Guadalupe o alguna otra de su devoción, que lo salvó de una muerte temprana. Entonces, si así sucedieron las cosas, en el Cerro de las Campanas, en México, se escenificó su ejecución o mataron a otro, en su lugar. Por eso su madre, la princesa Sofía de Baviera, no reconoció el cadáver de su hijo, o sea supuestamente usted mismísimo, cuando lo envió el gobierno del presidente Benito Juárez a Austria. Debe haber sido un momento terrible. Se dice que en lugar de los ojos azules, removidos de sus concavidades, introdujeron unos oscuros de una efigie de santa Úrsula. Hubiera sido mejor ponerle dos canicas azul claro.

Hubo mucho alboroto acerca de usted y de la emperatriz, tanto entre sus partidarios, como entre sus detractores. Carlota Amalia, como se hacía llamar, y usted, sin haberlo sabido, se convirtieron en un montonal de historias. ¿Será cierto que su cuerpo, extrañamente reconstruido, fue visto por Juárez en el antiguo Colegio de San Ildefonso, antes de trasladarlo trabajosamente al puerto de donde zarpó de nuevo en un barco rumbo a Austria? Los relatos se bifurcan.

El sentido de estas lecturas, de este viaje, reside en descubrir, señor archiduque y luego emperador, si salvó el pellejo y se transformó en Justo Armas. Si hubiese ocurrido así, me caería mejor Benito Juárez. No está de más recordar que el Benemérito de las Américas, como lo nombraron los colombianos, amaba tanto el poder, que pudo haberse erigido en dictador, pero la muerte lo detuvo, el corazón le falló. Con su adorada Margarita en el panteón e hijos de su semilla indígena también difuntos, la angina de pecho que le detectaron los médicos acabó por llevárselo al otro barrio, ése del que no se vuelve. ¿O sí?

La presencia del joven no llegó a transformarse en nada. Se bebió un daiquirí conmigo. Me habló de centros nocturnos a los cuales acudir, de su hermana que vivía en oriente, del padre desencantado de todo, casado con una segunda mujer que lo había abandonado, de las ganas que tenía de conocer México. En eso estábamos, cuando se apareció Altamirano. Saludó de manera hosca, así que el cubanito, quizá pensando que era mi padre o mi abuelo, se despidió con rapidez. Los ojos cuervos del historiador lo siguieron unos minutos, hasta que se convenció de que se había ido.

—Debo trabajar, Fernanda, vengo de conseguir suficiente material para comenzar a escribir. Esto nada más lo puedo hacer yo. Mijaín te llevará por ahí un rato para que te entretengas. No viniste a echar novio, y menos en Cuba, con un cualquiera. ¿Me entiendes?

Bajé los ojos avergonzada y asentí. «Ay, sabroso;

ay, sabroso; ay, sabroso», se plantaba canturreando Mijaín.

—Chica, cogemos un taxi. El carro de la universidad lo maneja otro colega este día. Mañana, si quieres, seguimos un poco el recorrido de Hemingway. Esta noche vamos a divertirnos.

—Yo sigo tu onda, Mijaín, necesito despejarme un poquito y dejar a mi maestro a solas.

—Pues a un salón de moda, ¿bailas?

—Bailo.

—Pues vamos a bailar, negra.

Subimos en un taxi, Mijaín le especificó al conductor el lugar, que, por cierto, si recuerdo bien, estaba en la calle Miramar.

Altamirano se había despedido antes de nosotros quitándose el panamá, no por cortesía, pensé, sino porque necesitaba rascarse la cabeza de pelambre escaso y aun así teñido de color avellana.

Bruca maniguá, guagancó, se armó el guateque. Los cubanos sabrían si se sentían aplastados por Castro, por el bloqueo, pero yo todo lo que observaba era juerga, gusto por la vida. Mijaín no dejaba de contarme sobre La Habana. «Lo que yo tengo es habanidad», dijo. «Como Cabrera Infante», me susurró al oído.

—No podría irme de esta isla, Felnanda, nunca, ni aunque me ofrecieran todo el oro del mundo. Aunque aquí la caña está a tres trozos, tú sabes, la situación es difícil, a veces se pasa más hambre que un ratón en ferretería, pero yo me quedo. Nunca se me ha ocurrido dejar Cuba. Salirse es coger la guagua equivocada.

Mientras nos protejan los soviéticos, estamos abrigados, chica.

Fue entonces, mientras aprendía a bailar moviendo las nalgas, como hacen los cubanos, que aquellos puntitos rojos en el abdomen me provocaron dolor. Corrí al baño a vérmelos. Destacaba un racimo de vejigas rojas. De sólo tocarlas aumentaba la molestia. En aquel espacio de ritmos, sudor y regocijo, a mí comenzaba a llevarme la chingada. Imposible convencer a Mijaín de que nos fuéramos. El ron le había dado candela, mientras que a mí las ampollas me ardían. Preferí hacer mutis del sitio aquel. Como turista, me localizaron un taxi enseguida y me subí en él con ansias de llegar a El Nacional y que allí me ayudaran a buscar un médico.

—Es un episodio herpético —anunció el doctor—, no hay mucho qué hacer más que recurrir a un ungüento y unas tabletas que ahora mismo le prescribo. Pero no conseguirá los medicamentos hasta mañana. Puedo ponerle una inyección de alcohol en el área y darle un remedio para dormir.

La noche fue larga. Altamirano mantuvo una luz encendida porque escribía con frenesí en sus cuadernos. Indispuesta, llevé al maestro al baño varias veces. Ni una sola vez me preguntó cómo me encontraba yo. De regreso a su cama, continuaba la escritura como poseído. «Aunque todavía no habíamos averiguado nada en concreto», me decía a mí misma, enferma. El calor en la habitación, a pesar de la madrugada, se espesaba y mi maestro no permitía encender el aire acondicionado. En cuanto me pusiera bien, tomaría el avión de regreso a México. ¿Qué demonios hacía yo allí, con el váucher de la tarjeta American Express de mi mamá abierto en la recepción?

Cerca de las cinco de la mañana, Altamirano decidió dormirse. Todo el trópico rezumaba. Tuve sueños con animales fieros de la selva. Una serpiente larga y ancha, con cabeza de cobra, quería protegerme y luego, otra, que se aproximaba lentamente, llevaba la intención de morderme.

A las nueve de la mañana sonó el teléfono. Mijaín en la bocina anunciaba que me traería mis medicinas, que no me preocupara. ¿A qué hora se habrá enterado, si yo lo había dejado con mucha pila en el lugar del bailongo? Me preocupaba mucho que cuando me cayera agua de la ducha, no se alborotara el dolor de aquellas ampollas, rodeadas de un halo bermejo, muy feúco, para utilizar una palabra del propio Altamirano.

Era sábado aquel día. Me imaginé que podría descansar en el hotel, leer un rato, consentirme a mí misma. Seguramente el doctor Altamirano pasearía con Mijaín. Mi ímpetu por conocer La Habana se había disuelto con el herpes, pero a mi maestro no lo conmovió mi malestar, ni cuando me observó asustada y con mucho dolor. Eso parecía, porque me obligó a acompañarlo a una cita con un médico muy reconocido, dijo, quien además investiga sobre ciertas enfermedades, agregó, mirándome como quien conoce un secreto que no habría de divulgar. En una de ésas te ayuda a ti también. ¿Y Mijaín, doctor? Tienes que acompañarme tú, ya verás, te quedarás complacida con el ojo clínico de este hombre. Algo hará con esas herpes tuyas.

Y fuimos, tan luego en la recepción me entregaron mis pastillas y tomé la dosis necesaria. La canícula caribeña me pegaba la camiseta blanca al torso y a la barriga, donde no soportaba ni siquiera la vista de alguien. Detuvimos un taxi. Cada vez que nos montábamos en uno, debíamos tener listos billetes en dólares para pagar. Esa parte me correspondía siempre a mí. En ese momento no me daba el organismo para alterarme y exigirle al historiador que sufragara él el gasto.

El doctor se llamaba José Antonio Palmira y atendía en un departamento ruinoso de la Plaza Vieja, cerca de la calle de Oficios. Tenía permiso de hacerlo, sin cobrar. Así que un par de días a la semana recibía dos o tres pacientes, familiares y amigos. El resto del tiempo trabajaba en un hospital del gobierno, como lo eran todos los sanatorios cubanos.

—Después de esta visita, mi linda, si quieres irte a descansar al hotel, por mí, encantado. Tengo muchas notas que escribir. Ya verás, ya verás, te habré de sorprender.

Subimos una escalinata de madera que crujía con nuestras pisadas. Algunos escalones, pandeados por el tiempo y el uso, desequilibraban el paso de Altamirano, quien iba delante de mí con su bastón. Sólo faltaba que me cayeran encima, todo él y sus huesos. No me importaba desnucarme sino que cualquier empujón o rozadura intensificara el padecimiento herpético. Además me había bajado la regla, allí en aquel clima caluroso. Me hostigaban los cólicos menstruales.

Cuando llegamos, una mujer muy amable nos hizo sentar en una sala de espera, dispuesta como del año de la canica, en la que aguardaban dos niños con su madre, a los que mi maestro saludó con una mueca de indiferencia. Sacó de su mariconera un libro, luego sus anteojos y nos ignoró a todos. Me gustaba oír cómo hablaban los pequeños cubanitos. En lo que canta un gallo les enseñé a jugar gato y los entretuve con la venia de su mamá, quien de inmediato supo que era yo mexicana. Hablamos de los modismos de su país y el mío. Estábamos en eso, cuando el doctor pidió que la mujer entrara a verlo. La señora se despidió de mí, mirando de reojo a Altamirano. Tomó a sus hijos de las manos y los tres hicieron mutis.

—Finalmente te callaste, Fernanda. Tú, como Mijaín, son capaces de platicar con su sombra. Ya me tenían harto tú, los niños y su mamá. Mejor ponte a leer, que te haría muy bien.

Cerré la boca. Había olvidado mi libro en la habitación del hotel. Al poco rato salieron la madre y sus pequeños y el médico llamó a Altamirano.

Luego de un par de horas, pasé al cuarto donde atendía el doctor Palmira. Altamirano me dejó allí.

—Quita ese rostro de crucificada. Me dijo el mexicano Sigifredo que te brotó un ramalazo de herpes.

Me acostó en una mesa de masaje. Le supliqué que sólo me viera aquello y que no lo fuera a tocar.

—¿Qué tas tú loca? No te tiento nada, que eso que tú tienes atormenta como demonio. Quiero revisarlo, eso sí.

Le coronaba la cabeza, como a los antiguos médicos, una cinta con un pequeño foco encendido en la frente, un espéculo frontal. Inspeccionó unos segundos la zona afectada y me expuso lo que ya me había dicho el galeno del hotel.

—Herpes zóster, muy doloroso. Te daré un bálsamo que yo preparo, debes airar esa parte, vestir ropa holgada y tranquilizarte. También beberás un té apaciguador. No dejes tus otras medicinas. La rizotomía química o denervación que aplaca es lo indicado. Eso fue el alcohol que te inyectaron. No le hagas mucho caso al viejo cascarrabias que acompañas. Me refiero a Sigifredo. Descansa, chica, que la vida es corta y hay que aprender a gozarla.

Mientras elegía de una vitrina varias botellas con líquidos y los mezclaba después en un solo frasco, de gota en gota, miré su consultorio. Colgadas en las paredes había fotografías del Che Guevara, de Fidel Castro y, extrañamente, de Jim Morrison, el cantante de los Doors. Un ¡wow!, me vino a la mente, en lo que me daba a la desgracia de mi cuerpo martirizado. Palmira se dio cuenta de la manera en que observaba el retrato de Morrison y me informó, por si no lo sabía yo, que las tarjetas de crédito y el pasaporte del poeta roquero seguían vigentes. ¿Qué significaría eso, que Morrison se encontraba vivo y que Palmira lo sabía? No, imposible, me contesté en mi cabeza atascada de pensamientos.

Confieso que la cita con el doctor Palmira resultó sedante. Aquel diablo de Altamirano era acertado la mayoría de las veces, aunque no siempre. En esa ocasión él siguió su camino y yo el mío. A pesar del asedio del herpes zóster, anduve por aquella parte de La Habana vieja, a mis anchas. Logré comprarme, incluso, unas dos blusas, cursilonas, amplias y de algodón. Fue una maravilla desembocar en la calle Obispo y toparme con un mercado. Las prendas me dejaban los hombros al descubierto y la tela no se me adhería al vientre, ni con el bálsamo del doctor Palmira untado. «Me la llevo puesta». Con cierta cortedad por andar sola, sin conocer el lugar, me miré en un escaparate y descubrí dos cosas, que no iba erguida sino más bien encorvada y que no llevaba puestos los collares de la señora Odalys.

Después de merodear por la ciudad, pregunté dónde podría subirme a una guagua rumbo al Vedado. Me dieron santo y seña dos adolescentes, dos lindas mulatillas que miraban mis jeans con codicia. En el bus ni siquiera hablé con el conductor. Di el dinero del pasaje y me acomodé en un asiento delantero. No quería revelar mi identidad, pero los jeans, ah, los jeans eran la bandera de la extranjería. Se sentó junto a mí un chico, que vino de la parte trasera de la guagua. Cuando estaba por hablarme, reconocí los alrededores y me bajé tan pronto pude. Sabía que los ojos de todos los pasajeros habían estado puestos en mí durante el trayecto. Siguieron, desde sus ventanillas, mi paso por la calle, hasta que el camión continuó por otro camino. Con los calambres menstruales y una sensación de rubor en la panza, corrí, más que andar, hasta El Nacional.

En el hotel busqué al médico encargado para pedirle la inyección de alcohol. Para ese momento ya me escocía la barriga.

Esa noche descansé. No percibí la entrada del sueño. Simplemente me llegó y olvidé las pipís del doctor Altamirano y la densidad de la sangre que me escurría. Al despertarme por la mañana, descubrí que Altamirano no había dormido en la habitación. Por eso había gozado de una noche casi feliz, con poco sufrimiento. Me di un regaderazo, lavé la blusa que había llevado el día anterior y me vestí con la otra. Mis jeans me apretaban un poco, pero me sentía mejor, menos crucificada, como me había definido el doctor Palmira. Me colgaba los collares de Odalys, cuando sonó el teléfono. Era Mijaín para participarme que Altamirano se había internado en una clínica donde manipularían su sangre al alto vacío por medio de ozono o algo así. Era una práctica muy interesante que habría de componerlo. ¿Qué carajos padecía Sigifredo Altamirano. Vejez, me contestó Mijaín, enfermedad progresiva y mortal. Eso es muy grave, tú sabes.

Propuso salir de paseo turístico. Acepté agradecida, sobre todo, debido a la ausencia liberadora de mi maestro. Me aventuré a la parranda con todo y mis males.

Cuando visité al historiador en el sanatorio, me recibió furioso.

—¿Dónde demonios te metiste, Fernanda? Aquí estoy solo como rata y tú de fiesta.

—Doctor, yo no sabía nada de esto, se lo juro. Además usted me abandonó en el despacho del doctor Palmira. También yo la he pasado mal y me atrevo a decirle que usted, fuera de acarrearme con Palmira, cosa que le agradezco, no se mostró ni un poquito preocupado por mi enfermedad cuando la molestia era más álgida. Si no estuve ayer con usted, aquí me tiene ahora.

—Necesito que vayas a la biblioteca José Martí y a la de la universidad de La Habana para que averigües qué barcos naufragaron en el Caribe durante finales de los años sesenta y principios de los setenta del siglo XIX. Luego regresas y me lees lo que hayas encontrado. Aunque, claro, podría ser tan sólo una metáfora de Maximiliano.

El historiador se quedó abstraído por un rato. Luego, con la mirada, me ordenó que me dedicara, de inmediato, a mi encomienda.

MIJAÍN FUE MI GUÍA. ¿AL FINAL QUERRÍA LIARSE CONmigo para salirse de la isla? Estaba segura que era gay. Su amistad tan cercana con Altamirano, los amigos suyos que había yo conocido en aquel lugar de baile y ron, cuyo nombre he olvidado, lo confirmaban, aunque nunca se sabía. Mijaín ostentaba un porte varonil. Hacia la noche, después de sumergirme en los datos de los hundimientos de barcos en la segunda parte del siglo XIX y de visitar al muy malhumorado historiador, Mijaín me llevó a su casa para conocer a su mamá, la enfermera. Me invitaron a cenar un potaje con yuca, que era lo que más abundaba en el caldo, algunos trozos de pollo, papa, arroz y unas hojas llamadas quequisque que daban muy buen sabor. La señora Celia había cocido plátano maduro para echarlo a la sopa por si me gustaba lo dulzón. Sí, me gustaba muchísimo. Me enteré allí, al toparme con una foto de Jim Morrison, igual a la del doctor, cosa que mucho me sorprendió, que Mijaín era hijo del doctor Palmira, separado de su madre hacía mucho. Era evidente que la negritud venía de ella, una mujer realmente hermosa, con estilo para hablar y moverse. El doctor Palmira resultaba de baja estatura para su hijo Mijaín. En el consultorio me había parecido un poco contrahecho, con tics y dientecitos de ratón.

—¿Por qué te apellidas García, Mijaín?

—Es el nombre de mi abuelo, a quien mi padre desterró de su vida hace mucho y tomó el apellido materno.

—¿Y Jim Morrison?

—En cuanto a Jim Morrison mi padre, cuando era más joven, nunca pudo oír a los Doors, esa música no llegaba aquí, pero los escuchó en Angola, por el año 76. Se hizo fan del poeta roquero, tanto como del Che. Lo que más agradece en la vida es que le regalen grabaciones de ese grupo, chica. Por si vuelves a venir, ya tú sabes qué traerle. La foto de Morrison, y ésta es una copia de copia, se la regaló un amigo mexicano de madre cubana.

De repente llegó otro Palmira, Edmundo, asistente de Raúl Castro, cosa que supe después. Me lo presentaron como lingüista y comunicólogo. Me costó sostenerle la mirada, no sólo porque la suya era volcánica, sino porque el tipo era de una guapura casi dolorosa a la vista. Procuré que mis reacciones fuesen naturales, que nadie notara que Edmundo Palmira me aturdía y lo saludé casi con displicencia.

—Vengo de visitar al doctor Altamirano, que envía sus saludos.

Después le preguntó a su tía política si quedaba un

poquitín de ajíaco para él. Sus ojos verdes penetraban el espacio completo. Calculé que me llevaría algunos años, no más de cinco o seis. Sabía sobre qué versaba la investigación en la que yo ayudaba a Altamirano y agregó que su propósito era auxiliarnos. Todo cambió para mí en ese instante. Mi idea de abandonar la investigación y regresarme a México se eclipsó. Supuse que seres superiores, en los que no creía, habían mandado a Edmundo Palmira para forzarme a continuar con los propósitos del historiador.

Dicen que un médico, Vicente Licea, lucró con las vísceras de Maximiliano, que vendió sus órganos y su sangre. Por destripador e irreverente lo encarcelaron. ¿Qué ocurría con los mexicanos? ¿Eran sangrientos en esencia?

Unos se habían sentido colmados de felicidad con el imperio. ¿Y por lo tanto adquirieron como reliquias las entrañas del malhadado Habsburgo? ¿Vertirían su sangre en un cáliz? ¿Alguien habría sido capaz de guardar su corazón y disecarlo? ¿O acaso los liberales, los seguidores de Juárez, desearon jugar con las partes del cuerpo de Maximiliano? Tomemos en cuenta que por fuerza debieron embalsamarlo, para lo cual precisaban extraerle todo aquello que lo hizo vivir hasta su fusilamiento. Pero sacar tajada de eso resultaba infame.

De Querétaro, el cadáver viajó hasta la ciudad de México. ¿Cuál sería el estado de los caminos? Dando tumbos, al otrora emperador lo condujeron hasta el colegio de los jesuitas. En una capilla remozada, a instancias del arzobispo Núñez de Haro, se dio paso a la labor taxidermista que haría llegar a Europa el cuerpo inerte, sin entrañas. Cuerpo momio. Unas religiosas encargadas del oratorio transpusieron el sagrario a otro lugar, lo mismo que a los recipientes consagrados, los paños y lienzos, las piezas todas que hubiesen adornado, e hicieron alojar allí una mesa larga y pesada del siglo anterior, donde sesionaban los inquisidores en sus tiempos. Sobre ella unos hombres acostaron al célebre muerto, quien permaneció en aquel lugar del 13 de septiembre al 4 de noviembre. Los doctores Rafael Montaño Ramiro, Ignacio Alvarado y Agustín Andrade reiniciaron la momificación, un proceso que, al parecer, los antiguos egipcios llevaban a cabo con mucha pericia, pero no ocurría así en otros lugares y momentos históricos y ciertamente no en México, a la mitad del convulsionado siglo XIX.

La capilla se transformó en un templo de veneración para los partidarios del Habsburgo. Soldados fieles a Benito Juárez la custodiaron sin receso.

En una noche de octubre, donde seguramente una luna potente iluminaba la calle de San Andrés, el presidente Benito Juárez y Sebastián Lerdo de Tejada se aparecieron en el Colegio de San Ildefonso, el edificio jesuita en el que Lerdo de Tejaba se había desempeñado como rector, para ver el cuerpo en proceso de momificación de Maximiliano de Habsburgo. Ambos se descubrieron la cabeza y se acercaron a la gran mesa, donde permanecía el destronado emperador totalmente desnudo, rodeado de hachas encendidas.

Juárez, dicen, se puso las manos por detrás y miró el cadáver sin delatar en el rostro lo que sentía. Luego, con la mano derecha midió el cadáver desde la cabeza hasta los pies.

—Era alto este hombre, pero no tenía buen cuerpo. Sus piernas son muy largas y desproporcionadas.

Lo observó otro tanto para comentar:

—No tenía talento, porque aunque la frente parece espaciosa, es por la calvicie.

Reconvino a uno de los galenos, según parece:

—Oiga, el vendaje aún no está seco.

Lerdo de Tejada, que luego sería presidente del país, se mantuvo callado. Juárez lo invitó a sentarse en una banca y durante un rato ambos miraron el cuerpo del austriaco. A saber qué pasó por sus cabezas, mientras las antorchas encendidas le otorgaban al muerto cierto movimiento a través de las flamas.

Edmundo me acompañó al hotel. Caminamos un rato por las calles de La Habana Vieja. Atrás nos seguía un auto negro y pulido de finales de los años cincuenta. El aire de la noche, entre salino y floral, me parecía casi intoxicante.

—Huele muy bien La Habana, Edmundo. En la ciudad de México, y sobre todo en la noche, pareciera que se desbordan los hedores de las alcantarillas. En una casa donde viví con mis papás había un árbol que en verano soltaba un bálsamo... muy chévere. Ya no existe. Encima de él, construyeron un puente.

Edmundo, custodiado y tranquilo, comenzó a largarme poemas de poetas cubanos que yo desconocía.

> Haya siempre una flor para alumbrar la casa.
> Alúmbrenos su olor casi tocable,
> casi invisible, y su cristal de dama

haga posible sitio el paraíso,
abra la cruz del sueño, los pies de la esperanza.

—Ése fue de Francisco de Oraá. Hombre cabal, buen poeta, ensayista, traductor del francés y fiel a la Revolución.

Como no era tan tarde, imaginé que a lo mejor el cubano de mirada casi brutal, como de inquisidor o de lobo, se detendría conmigo en algún sitio abierto para ampliar la conversación.

—Me gusta muchísimo La Habana. Me acoplo a ella como si ya fuera mi ciudad.

¿qué tal Havana City?
si no fuera por lo que te destruye
(el mar
el insondable)
me acostaría contra todas las banderas
en el puente de la fuerza
y repetiría infinitamente
«pero no me diferencio del conjunto»
y desnuda e impaciente
daría vueltas en la Ceiba del Templete...

—De Lina Feria, el que te acabo de decir, me olvidé la última parte. Una poeta joven.
—¿Y de Lezama Lima te sabes alguno? —le pregunté para picarle un poco la cresta, porque sabía que Lezama no era escritor predilecto del régimen.

> De los calderos en la luna baja y sus utensilios
> soy invitado, y preguntando el sitio
> estiro el codo y si ahora vuelve y se encoge
> el ilusorio mayordomo y me dona el número,
> vuelve a su sueño, ya que nadie vino.

—No me acuerdo de más. Creo que era un poeta excesivo. Me gusta la claridad. Una hermana de mi madre, mi tía Eloína, y su segundo marido, visitaban a Lezama con frecuencia. Era obeso y asmático. No salía de su casa.

—Sí, eso lo sabe todo el mundo.

Como una cuchilla filosa traspasó con los suyos mis ojos. En ese momento me acordé de *Un perro andaluz* de Buñuel, película que pocos habíamos visto, todos reconocíamos la escena de la navaja a punto de entrar en un glóbulo ocular. Sin darme cuenta, alcanzamos el montículo donde se asentaba El Nacional. Edmundo me condujo hasta el vestíbulo. Se despidió de mí dándome un beso en la mejilla, mientras mascullaba unos versos de Eliseo Diego: «Todo es al fin no más un cuento mágico...»

Ya no pude oír más. Las voces de unos turistas, del *bellboy* que parecía, al hablar, un emulador de guagancó o de cualquier otro ritmo cubano y de unos empleados del hotel se interpusieron. Edmundo me había nimbado (para usar una palabra de Lezama Lima) el pecho de luz y cuchilladas. Nunca jamás Raúl me procuró así, con esa pasión por las palabras. Nunca nadie transmutó el diálogo convencional en poemas dichos de memoria.

El ají me agitaba las tripas, mientras el encargado de la recepción me retuvo para decirme algo que le llevó unos minutos. Yo asentía, sin ponerle atención. ¿Sería Edmundo homosexual también? No, no era, pero desconfiaba de todo aquel hombre cercano a Altamirano. ¿Y si le preguntaba a Mijaín? Edmundo, estaba convencida, había flirteado conmigo durante el trayecto en que me trajo al hotel.

Se me cruzaban otras especulaciones e imágenes, mientras los puntos rojos del abdomen se ponían rosas algunos y otros se desvanecían. Pensé en el pasaporte vigente de Jim Morrison y luego en Raúl-Papageno. Para borrar a éste de mi mente, traje a mi memoria un fragmento de un poema de Juan de Dios Peza, que se refiere a una visita sigilosa hecha por Juárez y Lerdo de Tejada a San Ildefonso, donde los médicos del presidente de la república embalsamaban el cadáver de Maximiliano de Habsburgo. El oaxaqueño, con su rostro impávido, no reveló lo que sentía al ver el cuerpo sin vida de su contrincante, masón como él.

> Mas no se turbó su rostro,
> ni sus labios se movieron,
> ni cruzó por sus pupilas
> rayo de placer o duelo.

¿Y si lo de Justo Armas no fuera verdad sino pura paparrucha? No constaba la ejecución, más que en palabras de Juárez. Para 1867 ya se tomaban fotografías de sucesos notables. Del 19 de junio en el Cerro de las Campanas no había nada. Edmundo no tocaba el tema de Justo Armas o de Maximiliano, quizá porque despreciaba a la aristocracia. Conocía, eso sí, a muchos mexicanos y cuando nombraba a alguno decía «mi hermano mexicano fulano de tal». También citaba a gente famosa amiga suya. De Gabriel García Márquez contaba muchas anécdotas y, claro, lo llamaba «Gabo». Sus padres veían con frecuencia a Alicia Alonso. Desde que él recordaba, Carpentier visitaba su casa. De Lezama, pocas palabras, hasta que se lo pedí y, por supuesto era amigo de un tío o de una tía. Fernández Retamar, íntimo de la familia. De Cabrera Infante, nada. «Traigo aromas de cariño nuevo», me pasaba como un flechazo por la cabeza, mientras la noche apenas refrescaba y yo me figuraba que mi vida daría un vuelco interesante. «Oye», le había dicho, «¿conoces a Silvio Rodríguez?»

Eran íntimos.

En la recepción del hotel me informaron que el doctor Altamirano había llamado varias veces. «Noté al caballero un poco exasperado», me dijo el hombre del hotel. Eran las once de la noche, así que no sabía si telefonearle o esperar al día siguiente. Como me daban miedo las reacciones de Altamirano, marqué a la clínica. Me tuvieron mucho rato esperando, hasta que una mujer malhumorada contestó que ya no era hora de comunicarme con ningún paciente. Como no quería encerrarme en el cuarto y me encontraba un poco excitada por mi nueva amistad, o lo que fuera con Edmundo, decidí internarme en el bar o donde pudiese sentarme a ver las estrellas y rumiar mis asuntos. Esta vez sin libro que fuera un puente entre el mundo y yo. Admito que me costaba sentarme sola en cualquier lugar público. Decidí arriesgarme porque percibí que estaba por atacarme el insomnio. Entre el desasosiego y una digestión lenta, no estaría dispuesta ni a leer ni a trabajar, a pesar de que el estado de vigilia podría continuarse hasta el amanecer. Al día siguiente, Altamirano me marcaría tempranísimo y yo seguramente dormiría con un pesado sueño mañanero, culposo y poblado de imágenes. Recordé de pronto a mi marido, tan madrugador, y ninguna fibra me vibró al pensar en él. Le dispensaba cariño, pero su imagen no produjo el más mínimo sobresalto. En cambio, no dejaba de imaginarme a Edmundo tomándome de la mano, besándome en la boca, acariciándome. No podía ser homosexual.

Las estrellas me provocaban desvaríos, allí, sentada sola en una banca, con el ir y venir de las olas, recogía el aire de la noche. Me encontraba metida en un bolero.

Decidí continuar con la investigación. Todo el chiste residía en asegurarse de que, en efecto, Maximiliano había sido salvado por el propio Juárez para luego adoptar una vida y una identidad distintas. Más valía seguir viviendo con otra identidad, que aceptar una muerte más o menos heroica. Después de todo, gobernar México era infernal. Digna muerte, digna sonaba mejor. Yo hubiera tomado esa salida. Me da miedo la parca, la indefinición, el más allá o la nada. A lo mejor así sintió Max y prefirió dedicarse a lo suyo: adornar el mundo de cosas bellas y dejarse de problemas. Ya se las apañaría la emperatriz sin él. La cosa es que, se supone, Justo Armas vivió hasta los ciento cuatro años, si es que era Maximiliano, nacido el 6 de junio de 1832 y muerto en El Salvador en 1936. ¿Sería posible la muerte de un hombre de 104 años a principios del siglo xx? Siempre ha habido personas longevas. Mi bisabuelo materno vivió 98 años, casi ciego, eso sí. Mamá lo recuerda sentado en una mecedora, era un gallego de pura cepa, que llegó a México a trabajar, justo a finales del XIX.

Me propuse visitar al día siguiente al maestro. Lo acompañaría un largo rato, hasta que se aburriera de mí. Ahora que había conocido a Edmundo, deseaba que la estancia en Cuba se prolongara. Antes de pasar al hospital, compraría libros de poesía cubana.

Edmundo, poesía, Max. ¿En ese orden?

La mejoría de Altamirano era notoria. Ahora sus ojos despedían brillo, rejuvenecidos. Su voz regresaba con su antiguo caudal, sin que la respiración se le cortara a cada rato. Las bolsas formadas en los párpados inferiores ya no resaltaban, pero sí su pelo cano. Me pidió que le buscara un buen tinte. «Un cobrizo, medio blondo, querida. He trabajado mucho, fíjate, y estas buenas personas del sanatorio me trajeron un ejemplar viejo, pero legible, de *Guerra y paz*. Nada me hace más feliz que releer a Tolstoi. ¿Y tú, linda, que has hecho?».

Le conté de mis paseos por La Habana, que la madre de Mijaín me había invitado a cenar en su casa, que desde esa noche comencé a interesarme en la poesía isleña y que esperaba sus indicaciones para seguir con la investigación. Me observó unos instantes, los suficientes como para ponerme algo nerviosa.

—La ozonoterapia sirve para el herpes. ¿No te lo dije ya? Estimula la producción de mediadores de la respuesta inmune. Pero, claro, nada más de pensar en ese marido tuyo, seguro le sale urticaria a tu sistema inmunológico. ¿Verdad? No me veas con esa cara de almeja, mejor dime qué te ha parecido Edmundo Palmira. No has dicho ni pío sobre él.

Enfundado en una bata verde hospital, Altamirano perdía su galanura, aunque le hubiesen quitado años de encima. Dejó una pierna sobre la cama y la otra la puso en el suelo, porque así, con el contacto con las baldosas, se refrescaba.

—Soy todo oídos, querida. Cuéntame del guapo de Edmundo.

—No sé qué decirle, maestro. Admito eso, que es guapo y seductor. Fue él quien despertó mi interés por la poesía cubana. Habla bien, conoce a todo el mundo, es poderoso en este lugar. Me gusta, me turba, me atolondra. Y ya no me diga de Papageno, porque me entra una horrorosa culpa.

—En lo que te separas de Papageno, cosa que sucederá más temprano que después, puedes darte ciertas libertades. Ese muchacho, Edmundo, no es para conservarlo sino para disfrutarlo. Nunca pertenecerá del todo a nadie.

—¿A qué se refiere, doctor Altamirano? No sé cómo preguntarle, me da vergüenza, no me da la impresión que sea homosexual, pero, por lo que creo percibir en ese nadie, ¿es bisexual, doctor?

—Quiero decir que él se debe a su pueblo. Lo demás es pasajero. Le gusta el poder. Lo del pueblo no lo creo tanto o no lo creo nada. A mí me gusta Cuba por Cuba, no por la Revolución, que ya vivió su periodo de liberación y justicia y ahora es un desastre. Su medicina, en cambio, me ha impactado. Mira cómo muevo las piernas sin que me duelan las rodillas.

Me sorprendí, aunque la luminosidad de sus ojos era lo que realmente me tenía asombrada. Altamirano llevaba devoradas más de tres cuartas partes de *Guerra y paz*. Sus cuadernos notariales, donde escribía con pluma fuente y tinta de color sanguaza, se apilaban en una pequeña mesa de metal. Altamirano era, de nuevo, el profesor que yo había conocido diez o quince años atrás. ¿Qué misterios escondía aquel sanatorio que devolvía lozanía a sus pacientes?

—Querida, hazme caso, barnízate las uñas de los pies y corre a comprarme el tinte de pelo. Ve a una tienda para extranjeros, allí debe haber algo, aunque sea soviético, qué le vamos a hacer.

Mientras caminaba por los jardines tropicales del nosocomio, volví a pensar en Edmundo Palmira. Admitía ante mí misma lo mucho que me gustaba y el miedo que me provocaba que fuera amigo de Altamirano. «No es de nadie», dijo mi maestro. ¿De veras habrá querido implicar que la Revolución y el pueblo cubano eran lo más importante para Edmundo o sería que aquel amante de la poesía de su país guardaba sus perversiones, entre verso y verso, y lo mismo le daban los hombres que las mujeres? Salí a calle, atiborrada de dudas. ¿Y mi pobre Raúl, mi Papageno, estaría triste sin mí o liberado? Decidí pasar a El Nacional para telefonearle a él y a mi mamá. Ambos sabían poco de mí.

Les había enviado un par de postales solamente y llamado una sola vez.

La conversación con Raúl fue muy tirante. No entendió qué tanto nos retenía en Cuba, si todavía debíamos viajar a Costa Rica y a El Salvador. Confesó que se encontraba harto de nuestro matrimonio, harto de Altamirano, que tanta influencia ejercía sobre mi persona, y que para no ponerme entre la espada y la pared, o él o mi maestro, abríamos ya el camino a la separación, aunque no fuese definitiva. Ya lo trataríamos en México. Por lo pronto, subrayó, ambos podíamos hacer lo que deseáramos. Fingí que el alejamiento entre los dos me dolía, cuando la verdad era que hacía tiempo que lo buscaba.

Salí de la cabina telefónica refrescada por la libertad que Raúl me había otorgado. Quizá, su ofrecimiento venía de dientes para afuera, surgido de un exabrupto. Como fuera, no me quedaba más que aprovecharlo.

Debía cumplir con todos los encargos de Altamirano. Me compraría un esmalte de uñas y una pinza para las cejas. Esperaba también hallar cera para depilarme las piernas. Por lo menos un rastrillo para sesgar los vellos que hacían de las suyas, como las canas de mi maestro. Me apuré hacia la calle, desparpajada y casi feliz. De inmediato me interceptaron los asistentes de Edmundo Palmira para avisarme, sin más, que el doctor Palmira me esperaba a comer en la Bodeguita del Medio y que ellos me conducirían hasta allí. Me turbé. Ya montada en al auto, me rocié perfume en el cuello, saqué un espejo y corregí mi rímel y la sombra de mis párpados. Les supliqué a los hombres que me llevaran antes a la tienda para extranjeros. El que no manejaba el auto miró su reloj y accedió si no me tardaba. Luego se esculcó los bolsillos del pantalón y sacó como veinte dólares para que le comprara algunas cosas. Me rogó que no se lo comentara al doctor Edmundo.

La expectativa de ver a Edmundo era mucho más vigorosa que las dudas que pudiera albergar sobre su sexualidad. Hice las compras con una premura histérica.

Me aguardaba en una mesa cerca de la pared, llena de inscripciones y fotografías enmarcadas. Aquel sitio representaba el verdadero horror al vacío. Él se levantó al momento de que yo entrara y me besó en ambas mejillas. ¿Era buena señal eso o al contrario? Ordenó una limonada y yo un mojito. No volví a pedir otro. Aquel hombre no se permitía ninguna nube en la mente, por lo que no bebía nada alcohólico, por lo menos no a la hora de la comida. Me habló de la Revolución. Una de sus más luminosas memorias fue cuando el Che lo revisó de amígdalas inflamadas y cavernosas. Acudió ex profeso a revisarlo en su casa. Edmundo, entonces, un adolescente, afiebrado y mocoso, lo saludó emocionado con un comandante Guevara, que apenas le salió de la garganta entre el cambio de voz por la edad y la infección que lo tenía muy aporreado. Un par de semanas después le extrajeron las anginas en un hospital. El Che le mandó una carta, donde lo llamaba camarada y le deseaba una pronta recuperación. También le sugería que se zampara varios helados de limón. Escribió, para concluir, que él, Edmundo, encarnaba al hombre nuevo, al verdadero revolucionario.

—Desde entonces, todos los días leo, estudio y pienso en el socialismo.

Me enzarcé un poco en asuntos de mi vida, que no tenían nada de revolucionaros. Evité hablar de Raúl. Según yo, escondí mi natural inseguridad, pretendí tener un dominio claro de mi discurso. Cada vez que podía, me secaba las manos sudorosas en la servilleta, inquieta sobre mi regazo. Hablé de mi padrastro, hombre de izquierdas, de mi padre desaparecido en una carretera, de mi madre y de su familia. Mencioné mi investigación sobre el movimiento cristero y algunas de las novelas mexicanas que lo abordaban.

—Rulfo, por ejemplo.

El tema le interesó. Conocía de historia mexicana, de los intríngulis de una revolución malograda.

De pronto comenzó a decirme versos de Neruda, ante lo cual confesé muy convencida que el chileno no terminaba de gustarme. Edmundo respondió que opinara lo que opinara yo, siempre había un verso luminoso en la, farragosa sí, obra de don Pablo.

—Escucha éste, primera parte a un poema dedicado a Miguel Hernández:

> Llegaste a mí directamente de Levante. Me traías,
> pastor de cabras, tu inocencia arrugada,
> la escolástica de viejas páginas, un olor
> a Fray Luis, a azahares, al estiércol quemado
> sobre los montes, y en tu máscara
> la aspereza cereal de la avenida segada
> y una miel que medía la tierra con tus ojos.

—Me gusta el penúltimo verso, nada más.

Mientras saboreaba frijoles cocinados con ajo, Edmundo le pidió al camarero que trajera la cuenta en cuanto terminásemos de comer.

—De aquí te llevaremos al hospital. Sigifredo se encuentra un poco ansioso y quiere verte. Yo tengo asuntos que atender, chica, una cantidad bárbara.

Entre verso y verso, mientras yo permanecía absorta con la voz y la presencia de Edmundo, él ni siquiera me rozó la mano. En su coche, que él no conducía, siguió con versos de Neruda. A la entrada del sanatorio me abrazó efusivamente y volvió besarme las dos mejillas.

Decidí pasear por los jardines, a ratos bajo el sol, como si el apremio de sus incisivos rayos fuese a disipar todas mis ansiedades. La investigación me importaba, pero no tanto como lo que ocurriría con mi vida a partir de ese momento. Edmundo me atraía, a pesar de sus modos extraños. Tenía claro que mi marido, a quien no extrañaba sino que pensaba en él como un estorbo, debía tomar su propio camino. No quería exhibirme en el departamento de Churubusco, con mis maletas en la mano, y verle la cara de furia. ¡Qué trastorno todo! Me roía saberme en falta con él. También pensaba que, a los treinta años que estaba por cumplir yo, el güey ése no quería embarazarme. Le daban terror los hijos, que sólo llegaban a entrometerse en la pareja y a desbaratarla, insistía en explicar, amén de traer al mundo a quien no lo solicita. El verdadero Papageno, en cambio, deseaba reproducirse. En su momento yo también quise. Ahora ya no sabía. Me interesaban Justo Armas y Edmundo Palmira. Me interesaba la poesía, prefería caminar por el malecón y no encerrarme en mi casa, donde no había más que un ventanal que daba a las azoteas de los edificios vecinos. Me preguntaba, eso sí, qué tanto me importaba la Revolución. Me gustaban Cuba y los cubanos, los mojitos y el habla con vaivenes distintos a los mexicanos. Me gustaba no ver mendigos en las calles y en cambio toparme con negras arrogantes que fumaban habanos a la luz del día, meneándose por aquí y por allá. Me agradaban la compañía de Mijaín y los collares de doña Odalys. Sobre todo, me ponía de buen humor el ruido del mar y beber buen café a toda hora.

Eran las cuatro de la tarde y me pesaban las bolsas con las cosas compradas en la tienda para extranjeros. Un poco alterada, aunque contenta, pensé que lo mejor sería buscar a Altamirano. Antes de internarme en la selva oscura que era el historiador, oí su voz cerca de mí.

—Fernanda, querida, ¿me trajiste mis encargos?

Lo acompañaba Mijaín por los patios repletos de plantas tropicales. Daban la vuelta. Con los ojos, que volvió hacia arriba, el mulato me advertía que algo pasaba con mi maestro. Estará de mal humor, supuse.

—Le traje todo, doctor. Le ayudo con el teñido, si quiere.

—Gracias, pero no. Me apalabré con una enfermera muy peripuesta. Ahora que te da el sol sobre la coronilla, descubro que te nacen algunos pelillos blancos, linda. Yo que tú me los pintaba o me los arrancaba. Así no le darás buena impresión a Edmundo. Ni siquiera al inútil Papageno, vaya.

Mijaín hizo gestos, en señal de que no le hiciera caso a Altamirano. El viejo no lo vio, empecinado como se encontraba en observarme.

—Mañana saldré del hospital, así que continuaremos nuestra investigación. Por lo pronto, esmáltate las uñas de los pies y quítate esos pelillos blancos, que además te crecen como antenas.

El herpes, el marido Papageno, mis malas finanzas, el comportamiento errático de Edmundo Palmera, el calor que me despintaba los ojos y las observaciones del doctor Altamirano me empujaron a llorar en forma quejumbrosa. Mijaín sentó al historiador en el remate de una enorme jardinera y me abrazó con afecto. Bajo una palma que le cubría el panamá, Altamirano dijo que todo lo que él manifestaba era por el bien de la gente de su querencia. Se desprendió del sombrero y se abanicó con él, con los ojos puestos en otra parte. Continué adherida un buen rato al estrujón cariñoso del mulato.

—Son un par de cursis los dos. Fernanda, haz lo que te digo y luego hablamos de Maximiliano. Necesito comentar contigo algunas cosas.

Ante la voz infame, nos separamos. Todavía bajo el sol, saqué de mi bolsa un pequeño espejo y me revisé la cara. Me limpié como pude el rímel, que, con el llanto, «te convirtió en un personaje de cine mudo», dijo Altamirano. «Profusas ojeras y párpados negros, mi linda». Masculé un «lo veo al rato» y abandoné el sanatorio.

Tomé camino hacia El Nacional en un taxi. Cuando llegué al hotel me encontré con una nota escrita a mano de Edmundo Palmira, en la que, con una letra muy grande, me avisaba que, por motivos de trabajo, iría a Santiago un par de días. «Espero que aún estén aquí cuando regrese. Quisiera invitarlos a cenar. Saluda a Sigifredo, por favor. Te beso». Me dejaba también un libro de poesía de Marta Aguirre.

Pregunté en la recepción por un peluquero y enseguida se dieron a la tarea de conseguir a una especialista que me teñiría el pelo y me arreglaría las uñas de las manos y de los pies. La mujer vendría en un par de horas.

Ya en la habitación, me desmaquillé y, frente al espejo del baño, me di a la tarea de extirparme algunas canas. No entendía el imprevisible comportamiento de Edmundo. ¿Me quería ver o le daba igual? A lo mejor quien le despertaba interés era Altamirano. O el demonio, eso, el demonio encarnado en mi maestro.

Todo me resultaba confuso, mi relación conmigo misma y ese extraño viaje a la búsqueda de, acaso, una soberana mentira. Esos pensamientos rumiaba, cuando me avisaron que había llegado la peluquera.

Al cabo de dos horas, las uñas de mis pies y mis manos brillaban con un rojo intenso. El pelo se me había oscurecido un poco, mientras las canas adquirieron un tono dorado que me gustaba. La peluquera me enrolló tubos para alaciarme y luego me peinó como esposa de astronauta gringo. Cuando se fue, me llevó un buen rato cepillarme, hasta volver a ser yo misma.

Me complacía el cambio de apariencia. El color del cabello iluminaba mi rostro. Permanecí contenta un rato. Cerca de las seis de la tarde, Altamirano llamó por teléfono para que lo fuera a ver de nuevo.

Segismundo Altamirano miraba por la ventana de su cuarto hacia los jardines del sanatorio, cuando entré con un vestido colorido y veraniego que acababa de comprarle a la peluquera. En cuanto sintió mi presencia, el historiador volvió la cabeza.

—Vaya, vaya. Tú también rejuveneciste algunos años. ¿Qué tal me quedó a mí el tinte?

—Muy bien, doctor, pero estoy sentida con usted. No me gusta que me trate mal.

—Querida, ya lo sabes, así soy con la gente que quiero. Mira qué cambio el tuyo. Y que conste que no nos tiñeron con Clairol sino con algún producto soviético de vaya a saber qué calidad.

—Recibí una nota de Edmundo. Mire, dice que nos invitará a cenar si todavía estamos aquí.

—Eso escribe para picarte la cresta, Fernandita. Lo conozco bien. Sabe perfectamente que no nos iríamos sin despedirnos. Además, es probable que nos acompañe, aunque sólo sea unos días, a El Salvador. Tiene cosas que hacer allá.

—Raúl me pidió una separación, mientras tanto.

—¿Mientras tanto qué?

—Pues mientras regreso.

—Querida, tú estás aquí y él está allá. La que puso tierra de por medio eres tú, no él. Que no te espante con el petate del muerto.

—No me espanta, me exime de sentirme mal.

—Me preocupa que de nada servirá su planteamiento. En cuanto regreses, querrá arreglarse contigo y someterte a su vigilancia. Ojalá se entretuviera con alguien, Fernanda, y te dejara en paz.

—Sugirió algo así. Me dijo por teléfono que cada quien podría hacer lo que quisiese.

—Es lo mejor que puede pasarle a ambos. Mira lo bien que te ves ahora, sin su influencia. Con él no pasas de huarachuda y de morralera.

—Doctor, ya no se ensañe conmigo y dígame qué debemos investigar ahora. Estoy lista, mientras no me aporree con sus comentarios.

Altamirano me extendió varios sobres tamaño carta, todos abultados.

—Esto es una novela que el escritor Fernando del Paso ha escrito sobre Maximiliano y Carlota. Él acepta, sin duda alguna, que el de Habsburgo fue fusilado en el Cerro de las Campanas, pero no importa, toda la investigación que realizó para su libro es impecable. Quiere mi opinión y yo te pido que leas el manuscrito. Se titula *Noticias del Imperio*. Haz anotaciones al margen. Ah, y prepárate, en cinco días viajaremos a Costa Rica.

—¿Y la ida a El Salvador?

—Pronto. No dejarás de ver a Edmundo, si es lo que te preocupa. Mañana saldré del sanatorio. Ven a recogerme con Mijaín. Y abur, que tengo que trabajar.

Lo besé en la frente, como a veces hacía con mi padrastro, y aproveché para ver mi propio reflejo en una ventana. Me gustaba a mí misma. El viaje y sus traqueteos, más el herpes que me había hecho ver mi suerte, me habían adelgazado y esto también me complacía.

Sí, era cierto, me colgaba del hombro un morral chiapaneco, comprado en San Cristóbal de las Casas, pero de allí a llevar huaraches. Altamirano se equivocaba. Los dos pares de sandalias que calzaba en Cuba me los había comprado mi mamá en Palacio de Hierro. También había empacado unas zapatillas abiertas de tacón para ocasiones más formales y llevaba una bolsa azul marino y beige para el verano que me había prestado Berenice, la que se rehusó a pastorear al conocido historiador.

¿Cómo sería Costa Rica? ¿De verdad nos seguiría Edmundo a El Salvador?

Pasaron los días volando. Altamirano regresó al hotel, con un semblante diez años más joven y un cuerpo fortalecido. No se encorvaba ni arrastraba los pies. Guardó el bastón checoslovaco en una maleta, por si acaso. Hablaba mucho y por las noches escribía sin parar en sus cuadernos notariales. Era tan difícil para mí conciliar el sueño con la luz encendida de mi maestro, que me mudé a una pequeña habitación cerca de la anterior. Utilicé la American Express de mi mamá para pagarme mi necesaria privacidad. Mi maestro me juró que podía arreglárselas en el baño sin ninguna ayuda. Mientras más tiempo se dedicara a la soledad de su trabajo, mejor. Yo no podía vislumbrar qué escribía el hombre. Nuestras indagaciones, hasta ese momento, eran un fiasco.

Comenzaba a aburrirme del viaje. Más que eso, me encontraba desmoralizaba. Ni investigación ni Edmundo. Mijaín se dedicaba a preparar sus clases, además de que había obtenido un puesto administrativo en la universidad de La Habana y muchas tardes y mañanas se recluía en una oficina compartida con otros profesores. Me daba cuenta que le hartaba el demandante profesor mexicano. A mí me veía a ratos, sin Altamirano, cuando se liberaba de sus responsabilidades universitarias. En esas ocasiones me daba algunas noticias de Edmundo, dedicado por esos días a recorrer lugares de la isla en quién sabe qué trasiegos. De Cienfuegos a Camagüey y de allí a Santiago de Cuba. Se detenía días en algunas zonas, en las provincias de Matanzas, Sancti Spiritus, por ejemplo, y luego pasaba de pisa y corre por Ciego de Ávila o por Holguín. Yo intentaba no demostrar curiosidad y mi apego súbito a ese hombre extraño que me recitaba poemas y luego desaparecía.

—¿Cómo sabes todo eso que hace tu primo, Mijaín?

—Porque llama por teléfono, Felnanda.

¿Y a mí por qué no me telefoneaba? Si le hubiera

despertado algún interés me buscaría, ¿no?, aunque se hallara en lejanas tierras pantanosas e insalubres.

Mientras Altamirano redactaba todo el tiempo que podía en sus cuadernos, yo aguardaba muy ansiosa el traslado a Costa Rica. El calor caribeño me ponía de malas. Me descubría a la deriva. ¿Qué demonios me encontraba haciendo todavía en La Habana, sin nada qué hacer? Encima de todo me horrorizaba el dinero gastado. ¿Cómo habría de cubrir los gastos de la extensión de la American Express? Mi mente brincaba de un lado a otro. De mi tesis, nada. De la investigación, menos. ¿Qué haría Raúl, mi marido, en lo que yo me afanaba por sopesar mis contratiempos? No entendía la estrecha relación amistosa entre mi maestro y la familia de Mijaín y de Edmundo. Nunca antes me había hablado de ellos, ni cuando organizábamos nuestro viaje ni cuando hablaba nostálgico de Cuba.

Una tarde, en la que anduve por las calles un buen rato para unírmele en el departamento de unos amigos suyos, también filólogos, Mijaín me contó, finalmente, cuál era la relación que su familia mantenía con mi profesor.

—Mi tío Antonio se quedó en su casa, cuando Fidel pasó por México. Era un hermano de mi padre, el mayor. Murió en Sierra Maestra de una disentería. Ni el Che pudo salvarlo. Después, no sé cómo, Altamirano logró sacar de Cuba a un primo muy pájaro, cuando el gobierno persiguió a los homosexuales, por ahí de los años setenta. Logró que se fuera a París. Había sido amigo de Severo Sarduy, así que lo recibieron allá con los brazos abiertos. Todo esto, Felnanda, es muy secreto. Aquí, Altamirano es visto como un compañero, un defensor de la Cuba revolucionaria. Siempre ha hablado bien del régimen, aunque, como te digo, por mediación de Severo Sarduy, consiguió que mi primo, el que te digo, saliera de Cuba. A ése no se lo nombres a Edmundo, que en su casa no lo querían ni poco ni mucho ni na. Luego nos enteramos que en una visita a París, Altamirano, en una cena de académicos, se le abalanzó a Severo para requerirlo de amores, delante de Roland Barthes y de gente muy encumbrada. Es un caso el hombre, pero le guardamos un gran agradecimiento. Ya tú sabes.

—Su ambigüedad es histórica, Mijaín. Es de izquierda, pero se le llena la boca de mieles cuando se refiere a la aristocracia. Me he dado cuenta que siempre lleva agua a su molino, así que me pregunto si estamos investigando a Justo Armas, el enmascarado emperador Maximiliano, o hemos venido por un asunto que sólo le atañe a mi maestro. En menos de dos días, según me advirtió hoy, saldremos para Costa Rica. Ignoro qué diablos iremos a averiguar allá. Por cierto, ¿crees que llevaré la ropa adecuada para aquel clima?

—Chica, y si no te compras allá lo que necesites. Ya podría ayudarte con eso Sigifredo, pero es un casasola.

—¿Cómo?

—Tacaño, niña, tacaño. Además cuídate de él, que le gusta poner bomba, sabes, complicar las cosas.

A pesar de la amabilidad e incluso del cariño que Mijaín me dedicaba, me di cuenta que yo estaba un poco de sobra en aquella reunión. Se me habían subido los mojitos a la cabeza y no sería improbable que Altamirano me llamara temprano para preparar el viaje a San José. Mijaín me acompañó a la calle y aguardó conmigo hasta que se apareció un taxi. Ya montada, me dije a mí misma que las condiciones del departamento donde había estado, lo mismo que el edificio entero, eran deplorables. Las viviendas de la gente se encontraban ajadas, maltratadas por el tiempo y daba la impresión que el desmoronamiento total no tardaría. ¿Sería posible pasársela así, metido en esos vejestorios que no recibían ni el más mínimo mantenimiento? Extrañé mi departamentito de Churubusco, cuyo ventanal del comedor daba a los tinacos de azoteas vecinas, pero no se veía nada deteriorado, a lo mejor uno que otro tubo corroído, al que de inmediato se atendía, quizá el repellado de los muros un poco escarchado, pero, en general, se cuidaban las instalaciones.

En un viejo libro que Mijaín me regaló sobre Costa Rica leía acerca del país que ahora visitaríamos. Altamirano viajaba en el avión, dedicado más que nunca a la escritura de uno de sus cuadernos, el cual ocupaba mayor espacio que el permitido por la mesita replegable. Descansaba la libreta entre sus piernas y no se veía muy cómodo. ¿Qué tanto apuntaría, si hasta ese momento nuestra investigación era punto menos que inexistente? Me destanteó la información de la guía. No saber que San José de Costa Rica surgió como ciudad en el siglo XVIII, me llenaba de dudas con respecto a mi formación como historiadora. Pensaba en Raúl a ratos. ¿Saldría con otra mujer? A pesar de la atracción que sentía por Edmundo Palmira, no me gustaría que Raúl se deslindara de mí, aunque yo sí necesitaba alejarme de él. Mis sentimientos estaban muy embrollados, puesto que hospedaba afecto por él, al mismo tiempo que una inexplicable falta de fogosidad por nuestra vida sexual. Más bien, me la despertaba Edmundo. Por otro lado, mi reloj biológico me apremiaba a embarazarme.

—Decídete ya, me había dicho Altamirano, porque sólo te quedan diez minutos para concebir y ser madre, así que búscate los espermatozoides suficientes. Mi prima Adelina tuvo un mongoloide justo a tu edad.

En poquísimo tiempo, el 2 de septiembre, cumpliría 30 años. Hasta ese momento no habría logrado escribir mi tesis de maestría y aún menos tener un hijo. Raúl y yo alquilábamos el departamento y lo único mío era un Volkswagen que había comprado de segunda mano. Mi vida era un desastre.

El vuelo resultó apacible, a pesar de que en San José llovía con intensidad. De nuevo volví a cargar el portafolio de Altamirano y otras cosas, cuando aterrizamos en el Aeropuerto Internacional Juan Santamaría. Mi maestro sólo reparaba en sus cuadernos y en su *nécessaire*, donde portaba potingues y medicinas. Me dolía el hombro derecho tanto que eché sus cosas en un taxi, con tal de deshacerme del peso y me mojé de manera inconveniente en lo que arrumbaba las cosas en el asiento de atrás. Visitaríamos a un personaje, fascinante, Manrique Víquez, un bibliófilo, que acopiaba ma-ra-vi-llas, decía el historiador, dividiendo en sílabas el adjetivo. Avanzamos con dificultad por las arterias de la ciudad. El tránsito era un martirio. Después de un rato largo, llegamos al gran hotel Costa Rica, el cual, decía el taxista, era un símbolo nacional. Allí se alojaron John F. Kennedy y, el más importante de todos para nuestro conductor, Pelé. Era raro que nos contara eso con entusiasmo, porque había insistido, durante todo el trayecto, nos proponía hospedarnos en un lugar mejor. Descendimos en medio del chubasco. Pronto, un empleado nos cubrió con un enorme paraguas, mientras otro recogía nuestras maletas. Las reservaciones, hechas por la secretaria de Edmundo, allí se encontraban, listas para que nos recibieran. Como la cita con el bibliófilo apremiaba, cada uno se alistó como pudo en nuestras respectivas habitaciones. En mi cuarto, de cama de latón, sin la compañía del renovado Altamirano, que había solicitado su propio cuarto, apenas tuve tiempo de vestirme. El pelo me lo recogí aún mojado en un moño, me repasé el rímel y estreché sobre mis piernas unas pantimedias. Me puse una falda gris algo arrugada, prestada por la hermana de Mijaín que vivió en la URSS un tiempo, y un suéter de entretiempo. Al mirarme en el espejo, vi reflejada a una mujer que no era yo, con aquel peinado y unos zapatos chatos. Me asustaba resbalarme en algún charco o, peor aún, que no pudiera detener a mi maestro si, por alguna razón, el viejo perdía el equilibrio.

En cuanto Altamirano me vio salir del ascensor, me dijo «te disfrazaste de supernumeraria del Opus Dei. ¡Un horror! Te prefiero metida en tus eternos jeans».

Volvimos a montarnos en un taxi y nos internamos de nuevo en el denso tránsito. No había manera de avanzar esta vez, aquello se imponía como un enorme estacionamiento. A pesar de la lluvia, que cedía a ratos y otros arreciaba, noté que la ciudad no era atractiva. Se me figuraba exiliada de la gracia de muchas otras ciudades latinoamericanas, si bien era verdad que yo conocía pocas, Caracas, Bogotá y La Habana, nada más. El conductor descubrió que éramos mexicanos por nuestra manera de hablar. Se refirió al gran Teatro Nacional, «como en París, señorita», y volvía la cabeza hacia el asiento trasero para verme. «Algunas de las habitaciones en su hotel dan hacia esa joya nuestra. Pero no la pueden nada más admirar de lejos, hay que visitarla, como a la catedral». Tanto giraba el cuello a la retaguardia del auto, que estuvimos a punto de estrellarnos contra otro taxi, por lo que Altamirano le pidió que dejara de mirarme y que mantuviera la atención en el camino. «La señorita es monja», le dijo al chofer.

La residencia de Manrique Víquez alardeaba de un estilo neoclásico. Se imponía como un pequeño palacio, en aquellas vías que no ubicaba yo y que crecieron cerca de la catedral. Lloviznaba. A pesar de la noche y de cierta bruma, percibíamos las montañas que rodean San José, algunas de ellas de origen volcánico. Eso le daba una cualidad obsequiosa a la ciudad, como de abrazo. Lo mismo percibí en Caracas, cuando acompañé a Raúl a un congreso. El Monte Ávila transformaba el aire y daba un matiz de virtud a lo urbano, como un D.F. más constreñido, más cerca de los cerros y los volcanes.

La casa de Víquez nos hizo colarnos en la Francia del siglo XVIII, con sus luces del intelecto y su enciclopedismo, su vieja relojería, sus ventanales de cortinajes drapeados, su mobiliario Luis XVI. Juan Jacobo Rousseau y Diderot estaban por surgir de alguna habitación. Altamirano, mientras esperábamos a nuestro anfitrión, me advirtió, cuando pregunté por el baño a un amable sirviente, «cuidado, no te vayas a encontrar con una guillotina».

No me la topé, pero quedé perpleja con el lujo y el cuidado con el que se hallaba adornado el tocador. El tapiz, los cuadros, los bibelots, las jaboneras. Hubiera querido no salir de allí, sobre todo porque al verme reflejada en el magnífico espejo, con aquella falda, me di lástima a mí misma. De regreso a la sala, que sólo era una de las salas que conformaban aquella mansión, el bibliófilo, nada estrafalario y que no remontaría los cincuenta años de edad, me esperaba de lo más sonriente. Altamirano hizo las presentaciones pertinentes. Aludió a mi extraña vestimenta. Ambos señores iban con sacos de tweed, mientras que yo parecía otra yo, pero no era aquel el momento de haberme ataviado con mi traje negro de coctel ni de calzarme los zapatos de tacón. Víquez nos invitó a filtrarnos en el sitio que realmente lo llenaba de orgullo, su biblioteca, a la que accedimos por la parte trasera de la casa, después de cruzar un jardín, donde nos ladraron dos dogos inmensos, que, al llamado de su amo, nos olisquearon y luego nos dieron la pata.

Los personajes de El nombre de la rosa se habrían quedado lelos ante tantas estanterías. Tres pisos de gran magnitud formaban una parte de la biblioteca. Varias escaleras, que podían correrse de un lado a otro, se apoyaban en los libreros, casi todos cubiertos de vidrio para alejar al polvo. Nos sentamos en el primer piso, en una sala a la que nos llevaron un aperitivo y algunas viandas para picar. Todo el entarimado del siglo XVIII se tambaleó cuando Víquez abrió las puertas de un mueble y nos mostró su aparato de sonido. «Tengo bocinas por todos lados, así que diga nuestra adorable amiga lo que gustaría que escucháramos». En vez de solicitar música de clavecín, que era lo que en ese lugar pegaba, se me ocurrió decir blues, nada más por llevar la situación a lo imposible. De inmediato comenzaron a sonar las voces cadenciosas de negros norteamericanos.

La biblioteca contenía varias primeras ediciones de libros que me entusiasmaban, como *The Life of Samuel Johnson*, de James Boswell, de 1791, año en que se publicó la biografía, la cual, según dicen, es excepcional. El doctor Johnson había sido una figura muy interesante en su época y siempre me ha llamado la atención el siglo XVIII inglés, más que el francés, el cual, después de la Revolución, me resulta muy enredado. *Lives of the Most Eminent English Poets* de Johnson, que salió a la luz en 1755, tenía su lugar especial en los anaqueles de Víquez, lo mismo *A Dictionary of the English Language* de 1775 del mismo autor. Cuando Víquez nos mostró todos los tomos de *The History of the Decline and Fall of the Roman Empire* (1776-1788) de Edward Gibbon me emocioné, aunque jamás hubiese leído ni el primero en la versión actual. No lo había visto ni en foto. Descendiente de cafetaleros y luego de empresarios, nuestro anfitrión era un hombre rico, que dedicaba una parte de sus rentas a los libros y, según nos dijo, a aparatos costosos, que debían importarse, para un par de hospitales. Quien no tuviera el dinero suficiente y estuviese enfermo, solicitaba gratis su ingreso al nosocomio y le otorgaban todos los beneficios de aquellos artefactos, como resonancia magnética, tomografía y otras maravillas muy modernas.

—Samuel Johnson, se cree, padecía síndrome de Tourette, una enfermedad descrita por el neurólogo francés Georges Gilles de la Tourette, a partir de haber estudiado los casos de nueve personas que la padecían. Es un trastorno que inicia en la infancia y consiste en un espectro de tics, a veces transitorios y a veces crónicos, incontrolables. En una ocasión, conocí en París a una joven que no podía dominarse. Quería mucho a su madre y le pegaba bofetadas sin querer. La pobre señora no hacía más que llorar.

—Dime, Manrique —preguntó Altamirano, con voz cavernosa—, antes de que nos cuentes de tu enorme atracción por las enfermedades raras, que en todos nosotros despiertan morbo, ¿tienes algún documento para mí?

—Uno, nada más, doctor Altamirano. Se trata de un inventario, escrito a mano cerca de 1910. Lo firma Justo Armas. No es el original, desde luego, sino una fotocopia. Resulta realmente interesante lo que ese señor poseía, una copiosa cantidad de objetos como varias vajillas de Sèvres, infinidad de cubiertos Christofle, de copas de cristal de Bohemia. En fin, raro su ajuar, que seguramente heredó la familia Arbizú Bosque. Tendré que pedirle que pague la investigación, amigo mío. Después de todo, no es para mí sino para usted. Existen otros documentos que podrían conseguirse, desde aquí mismo, desde San José. Por el inventario original, si lo consigo, le cobraré 600 dólares. Resulta inevitable realizar la transacción de esta manera.

Vaya, pensaba yo estupefacta, éste no le perdona a nadie el dinero, a pesar de su evidente opulencia. Por eso es rico, hubiera explicado mi padrastro. Altamirano convino en lo segundo. Así que, abrió su billetera, para decirle a Víquez que al día siguiente le pagaría, porque en ese momento no llevaba tantísimo dinero. El blues seguía sonando y seguiría. Cuando nuestro anfitrión nos hizo salir de su maravillosa biblioteca para pasar a la parte delantera de su casa y entrar al comedor, donde había una hermosa mesa puesta.

—Como verás Fernanda, aún aquí tengo bocinas. ¿Qué música preferirías para la cena?

Miré a mi maestro, que se veía un poco descompuesto, y solicité música barroca. Eso nos agradaría a todos. Enseguida sonó Telemann o Vivaldi o quien fuera. Cenaríamos con cubiertos de plata, vajilla de Baviera, de seguro, no lo quise comprobar buscando por debajo de los platos. Las copas eran de cristal checoslovaco y así todo lo demás. Mi estirpe de clasemediera se engolosinaba, mientras que mis ideales de izquierda, como sea que fueren, se indignaban un poco. Yo, la que difícilmente podría pagar mis deudas, la que manejaba en México un coche viejo, la de jeans, me encontraba complacida con el lujo.

Un hombre vestido de librea comenzó a servirnos vino y comida. Diferentes vinos, diferentes maridajes en razón de las viandas. Durante el postre, le pedí a Víquez que pusiera vals para transportarme a una Viena que no conocía. Arreglada como supernumeraria del Opus Dei, decidí que, por qué no, podía ser yo la reencarnación de María Carlota Amelia Victoria Clementina Leopoldina, la emperatriz de México, no sé qué tan desdichada, no sé qué tan indefensa, no sé qué tan demente. En esos momentos, creí que la vida podía ser mejor, que no debía dinero, que la tesis de maestría era lo de menos, que mi relación con Raúl podía terminarse sin aspavientos y que Edmundo iría por mí una vez que estuviésemos en El Salvador y me convertiría en su pareja. Deseaba, amén del otro deseo interno, como fogón que echa chispas, que los asuntos cotidianos y dineriles me los resolviera otro. ¡Viva la Revolución!, me brotó en la mente, en lo que degustaba un strudel caliente con helado de vainilla, acompañado todo de una copa de Sauternes.

Antes de que cantara La Internacional, que no me la sé toda, a pesar de los esfuerzos de mi padrastro para que me la aprendiera, o que bailara al ritmo acompasado y decimonónico de Strauss, acepté una taza de café muy cargado, so pena de padecer insomnio. Fuerte y sabrosa la bebida que sorbía con delicadeza, en lo que presenciaba una discusión entre Víquez y Altamirano sobre el verdadero espíritu de la democracia. Habíamos atravesado el comedor hacia una sala. A mí, lo que me atraía en ese momento, consistía en lo de las enfermedades raras, rarísimas, que tanto le sugestionaban al dueño de aquella mansión estrafalaria. ¿Quién vive en un sitio así, sino un aristócrata verdadero y europeo, cosa que el costarricense no era? A las finuras, los adornos, los cortinajes y el mobiliario, empecé a verlos como de utilería. Mientras observaba aquel escenario, cuando estaba por pedir otro café, Víquez clausuró la reunión.

—Mis queridos amigos, el viernes los espero a cenar de nuevo. El doctor Altamirano y vos, Fernanda, conocerán a Marta Víquez, prima segunda mía, quien vivió años en Alemania y tiene la intención de traducir una carta, en alemán, que dicen que fue escrita por Justo Armas.

El mesero de librea, ahora trajeado como chofer, aguardaba para conducirnos al hotel. Cuando salimos, ya no llovía. Respiré hondamente el aire nocturno, un poco mareada y me subí al Mercedes Benz de Víquez. Todo fue arrancar y adormilarme. En sueños, interrumpidos por momentos de vigilia, oía la conversación entre el conductor y Altamirano, quien, con insistencia, preguntaba por la hermana menor de Víquez, una tal Clementina. Finalmente el empleado le contestó «parece que la señora Clementina está por llegar a San José».

—¿Parece? —preguntó irritado Altamirano.

—El señor Manrique me ha pedido que la recoja temprano en el aeropuerto.

Desayunamos hacia las diez de la mañana en el comedor del hotel. Altamirano, algo contrariado, criticó a Víquez, tan rico y tan codo. Con lo de codo, pensé «el comal le dijo a la olla». Le unté mermelada a mi pan tostado y traté de escuchar a mi maestro.

—Me parece que 600 dólares es mucho dinero. Como comprenderás yo no puedo comprar el inventario fotocopiado y luego la carta, por la que seguramente me cobraría una brutalidad.

—Aquí la cosa es cerciorarse de que la carta a la que se refiere Víquez está escrita del puño y letra de Justo Armas.

—Víquez es una persona confiable. No me daría gato por liebre —decía para sí el historiador.

—Entonces, doctor Altamirano, si la consiguió para usted, lo justo es que le pague o que él se la quede. No me parece tan mal. Sería importante saber si él puede obtener otros documentos.

—¿A 600 dólares cada uno o incluso mucho más?

—No sabría, doctor. No me imagino cuánto pagó Víquez por esos legajos. En cuanto a la famosa carta, de existir y de hallarse escrita en alemán, no creo que sea fácil la traducción ni para quien domine la lengua alemana. Eso también se remunera, ¿no?

—Sí, por supuesto. Habrá que esperar a nuestro viaje a El Salvador. Estoy seguro que allí encontraremos otras cosas escritas por Armas o su rastro, su historia, el posible desdoblamiento de Maximiliano en otro hombre.

—Y si la letra de Armas es como la de Maximiliano, pues habremos comprobado su hipótesis, doctor.

—¡Ah, si lográsemos eso, todo habrá valido la pena!

—Me llena de curiosidad la carta que Víquez pudiera adquirir de Justo Armas.

—Ya veremos, ya veremos. A lo mejor descubrimos otras sin tener que erogar de nuestros bolsillos.

¿Cómo, yo también tendría que apoquinar?

Se nos terminó la conversación. Altamirano tenía urgencia de dedicarse a su trabajo. El café le había puesto los nervios de punta. No quería perder tiempo.

Paseé un rato por los jardines del hotel. Un ruidero de pájaros salía de los árboles. En el cielo se percibían ya algunas nubes grises. De pronto no sabía qué hacer conmigo. Opté por seguir con la lectura de *Noticias del Imperio,* en una banca, al aire libre.

Dos días después resolví salir del hotel y no esperar a que Altamirano me diera instrucciones. Él se quedó haciendo cuentas y escribiendo en sus cuadernos, mientras decidí pagarme un pequeño tour para recorrer los sitios más significativos de San José. Mi maestro me advirtió que la ciudad no tenía nada de extraordinaria. «Es fea, realmente fea». No me importó, ya estaba allí, lista a recorrerla.

Visité el Teatro Nacional, construido en el siglo xix. Lucía bien, «mono de su parte», como decía el historiador. Me guiaron al Museo de Oro Precolombino y Numismática. Francamente, frente al de Bogotá, resultaba muy pequeño, muy reducido. Me gustó, sin embargo, el Museo de Arte y Diseño Contemporáneo. El edificio había sido la antigua fábrica nacional de licores y ahora albergaba arte costarricense, centroamericano y sudamericano. No conocía a la mayoría de los artistas y entonces pensé en los pintores y escultores cuya obra abstracta sí registraba y me producía exaltación. Los colores, las formas, las texturas conseguidas me empujaban a sentarme y escribir un ensayo. O un cuento, por qué no. Se me había ocurrido que podría narrar algo redondito.

Fuera de México, identificaba mucho de la obra plástica de los gringos o europeos. Aquello de encontrarse tan cerca de los Estados Unidos tenía sus bemoles. Abandoné la excursión para recorrer el museo a mi aire. De allí mismo llamé al doctor Altamirano para saber si quería que comiéramos juntos. No estaba en su habitación. Yo no sabía comer sola en un restaurante, y menos de una ciudad desconocida, así que me regresé al hotel y pedí un sándwich del *service room*. Se soltó la lluvia del invierno tico y tomé una larga siesta. Me despertó Altamirano al teléfono. «Niña, no te vayas a vestir de monja, por favor. Empiézate a arreglar para la cena». Me colgó. Estaba tan cansada que llamé a la cafetería para que me trajeran un café. Se tardaron siglos en llevármelo, así que hice de tripas corazón e inicié la tarea del maquillaje, el peinado; mandé planchar mi vestido negro de coctel, me puse zapatos de tacón y me engalané con mi collar de perlas cultivadas. En el lobby, mi maestro se mostró muy complacido. «Te ves guapísima». Me ruboricé. No estaba muy segura de mi atractivo, sin jeans me desconocía.

Por fortuna había dejado de llover. Hacía viento y la noche refrescaba. Me tapé con un chal de seda verde claro, que mi mamá me había hecho empacar. Ella insistía en que me vistiera con tonos esmeraldas para resaltar mis ojos glaucos y que me deshiciera de las camisetas blancas que tanto me empalidecían. Ya las cambiaría más adelante por negras.

—¿En qué piensas, Fernanda?

—En una tontería, doctor, en mis camisetas.

—Olvídate de las camisetas. Esta noche tienes que fulgurar, ¿me oyes? No sé cómo, pero lo harás. Gracias a los dioses que vas bien vestida. Por lo pronto, me mata de curiosidad saber si la carta de aquel Justo Armas es un trasvestismo de Maximiliano.

Montados en el taxi le dije que, a lo mejor, habría sido escrita por el verdadero Justo Armas, haya sido quien haya sido. Maximiliano ya no existía para ese entonces. El archiduque Maximiliano de Habsburgo había muerto para todo fin histórico y legal.

—En su supuesta locura, Carlota continuó escribiéndole cartas a su marido. ¿Interesante, no lo piensa usted así, doctor? Entretanto, la mujer llevaba a cabo negocios millonarios. Ahora, dígame, cómo es la tal Clementina por la que usted preguntaba tan ansioso la otra noche.

—La hermana menor de Víquez. No es bonita como tú te ves ahora, pero es sumamente distinguida e inteligente, garbosa, gentil. Ya la verás. Ojalá aprendas a imitarla. Advierto que en mucho te pareces a ella, en esa avidez por la vida, de la que carece tu marido, por cierto. También estuvo casada con un Papageno, del que se divorció. Ahora es dueña de sí misma. No sé si esté enterada de nuestras investigaciones, pero le despertarán enorme interés.

—¿Y con quién estuvo casada, si se puede saber?

—Con un gringo idiota que conoció en la universidad de Yale.

—¿Qué estudiaba Clementina allí?

—No sé, creo que literatura comparada. Fue alumna dilecta de Harold Bloom.

—Sí, uno que sabe de Cábala, ¿no?

En ese momento el taxi se detenía frente a la casona Víquez. Como chispeaba otra vez, el criado-chofer nos aguardaba en la calle con un amplio paraguas playero. Con él nos cubrió hasta que entramos a la casa.

Reunidos se encontraban ya Manrique Víquez, su prima Marta, que era una rubia graciosa, arreglada como Cyndi Lauper, el embajador de El Salvador en Costa Rica y su esposa, y un coleccionista de arte, Arturo Marmolejo, quien sólo tomaría una copa y luego arrancaría a la cena de cumpleaños de su señora madre. Altamirano no le quitaba los ojos de encima. Marmolejo se lucía describiendo pinturas de grandes artistas contemporáneos. Estaba mesmerizado, dijo, con la obra de Lucian Freud. Mi maestro, que nunca podía quedarse atrás cuando la gente hacía gala de sus conocimientos y de sus pasiones, contó que la primera vez que se encontró con el retrato de la esposa del pintor, *Niña con un perro blanco,* exhibido en la Tate Gallery de Londres, lo miró largos minutos. «Saca de dentro de la gente a su verdadera persona», explicaba el historiador. «Gran amigo de Francis Bacon, otro grandísimo pintor. Le gustaba pintar mujeres rubicundas y desnudas, desgajadas, con los enormes pechos esparcidos en el suelo o en una cama, víctimas de su tamaño y de la gravedad de la tierra».

En eso nos hallábamos, cada uno con nuestro vaso en la mano, observando el juego de ping pong entre Marmolejo y Altamirano. De repente, en voz baja, Marta me comentaba algo y, entonces, en mi cabeza sonaba *Time after Time* de Cyndi Lauper. El embajador comenzó a intervenir, mientras que su esposa se encontraba como ausente.

—Mi mujer prefiere otro tipo de pintura. Por ella hemos comprado arte. Cuando vivimos en España, debido a otra misión diplomática, adquirimos un pequeño Sorolla. ¿Verdad, querida?

Ella asentía con una sonrisa mínima. Víquez procuraba que la conversación fuera una sola, que nadie hablara aparte. A Marta y a mí, que nos habíamos caído muy bien, el anfitrión nos obligaba, con una mirada intensa y reprobatoria, a unirnos a la charla general.

El criado anunció la llegada de Clementina, cuando la música que Víquez ponía le daba paso a Police, en la época en que Sting se desempeñaba como bajista. Papageno pertenecía al club de fans de Sting y de Mark Knopfler, el líder de Dire Straits. Veíamos a toda hora MTV, mientras yo me perdía de los capítulos de *Cuna de lobos*, la telenovela más vista de todos los tiempos. Por la expresión enfurruñada de Altamirano, nuestro anfitrión decidió cambiar a un concierto barroco. Me pasmaba su afición por el rock, porque no era un hombre joven.

Clementina entró de repente con un moderno saco rojo, como de los Supersónicos. Llevaba unos pantalones entallados, de un negro lustroso. Me pareció muy estilizada, su misma forma de saludar, de sentarse y pedir un whisky de malta solo, sin rocas ni agua mineral, la hacían diferente a otras mujeres, a mí misma con mi vestido negro de coctel. Altamirano la besó dos veces en cada mejilla. El cariño que le profesaba me intrigó.

Poco después llegaron el embajador de Austria y su esposa, una negra guapísima, envuelta en un vestido verde neón, con hombreras cubiertas por pequeñas lentejuelas. A todos nos costaba quitarle los ojos de encima. Marta y yo la interrogamos y así supimos que era nativa del Senegal, pero había sido educada en Cabo Verde. Estudió muchos años en Nueva York. Se llamaba Arlinda y hablaba portuñol. Cambiábamos del inglés al español indistintamente, lo cual no pareció agradarle a la esposa del embajador salvadoreño, porque no hablaba más que castellano. Su marido balbucía algo de inglés, hechizado por aquella negraza, salida de una revista *Vogue* o de un concurso de Miss Universo. El marido austriaco era jocoso. El mundo lo divertía y le gustaba que su mujer resplandeciera. Lo demostraba halagándola a cada momento.

Entre aperitivo y aperitivo, Víquez anunció que esperaba a un invitado más. Así, de la pintura de Lucian Freud pasamos todos a conversar con Arlinda, que había estudiado en Parsons diseño de vestuarios para ópera.

—¿Alguna vez trazaste el atuendo de Turandot? —le pregunté.

Me explicó lo complicado que era el vestido de la princesa china de la obra de Puccini, cosa que me había dado siempre un gran curiosidad, mientras Víquez le echaba un ojo al reloj y todos pensábamos, seguro, que el otro convidado venía tarde y que el anfitrión comenzaba a desesperarse. El especialista en arte, Marmolejo, anunció que ya se iba. Todos los hombres se levantaron de su asiento para despedirlo, cuando el personaje dilatado hizo irrupción, en la compañía del solícito sirviente. Se trataba del mismísimo Edmundo Palmira, vestido como británico. Le clavé la mirada a Altamirano. ¿Sabía que vendría o también lo sorprendía a él? No permitió que yo lo intimidara y, después de Víquez, le dio un abrazo. Edmundo pidió que lo disculpáramos por su tardanza. Del aeropuerto Juan Santamaría, había pasado a la residencia cubana para dejar sus maletas y mudarse rápidamente de ropa.

—Con el invierno tico hay que prevenir los enfriamientos, —dijo mirándonos a unos a otros, fijándose, con sorpresa, en la guapura de la ahora pinche Arlinda.

Víquez lo presentó con los embajadores y sus esposas y con Marta. Dio por sentado que los demás lo conocíamos.

—¿Qué quieres beber, compañero? Pide algo que no sea en un vaso largo, para que pasemos a la mesa en un ratitico.

Edmundo pidió un whisky en las rocas que se bebió de dos tragos, cosa que me sorprendió. Era la primera vez que lo veía beber alcohol.

Víquez sentó a la esposa del salvadoreño a su derecha; a su izquierda, a la esposa del embajador austriaco. Altamirano tenía a la diestra a Marta y a la derecha a Clementina. A mí me dejaron en medio del salvadoreño, el diplomático más veterano en Costa Rica, y de Edmundo. Veía que a la mesa la habían dispuesto con más platos y utensilios que dos noches atrás, cubierta con un mantel de lino y encaje, sobre la que se imponía una amplia vajilla francesa, la misma cristalería que ya conocía, más dos encendidos candelabros en cada extremo. El arreglo de rosas de diferentes colores en el centro alegraba. Todo eso asperjó mi inseguridad. ¿Por dónde empezar? Ya sabía que por las cucharas, tenedores y cuchilleros de los extremos. Para no errar, aguardé a que Clementina y Marta comenzaran. No sirvieron sopa sino una entrada de langostinos a la parrilla, montados en unos *vol au vents* crujientes. Luego nos llevaron un filete sol a la normanda con bechamel, especias y camarones, ensalada francillon, de papas con almejas, trufas, yerbas de olor y vino blanco. Cada cierto tiempo, el criado y su mujer nos daban a escoger entre diferentes panecillos calientes y, por supuesto escanciaban un chablis demasiado seco. Hubiera preferido una coca-cola. La iluminación era cálida y tenue. Los comensales allí reunidos, casi felices, hablábamos como buenos amigos, todos salvo la esposa del embajador de El Salvador, muda como pez. A ella la consintieron con espárragos y una pechuga de pollo. Los mariscos y el pescado podían llevarla a la tumba, eso sí dijo. Yo misma me comencé a preocupar con tanto producto del mar. El menú me resultaba un poco raro.

—Ésta es una cena a la Madame Verdurin de *En busca del tiempo perdido*, en honor del doctor Altamirano, con quien alguna vez recorrimos Clementina y yo un París proustiano.

—Nunca he sido un especialista en Proust. Lo fue mi maestro Daniel O'Hara. De él aprendí mucho. Al final de sus años enloqueció. No parecía, pero enloqueció. Según él, sus gatos le dictaban sus ensayos sobre la dilatada saga proustiana.

—Brindemos por él y sus gatos, doctor Altamirano.

—Brindemos por esos gatos, dispuso también el austriaco.

Para ese brindis, chocamos copas delgadas y largas, burbujeantes de champagne de la Viuda de Cliquot. El postre consistió en una mousse de fresa y galletas que había traído la esposa salvadoreña.

Antes de volver a una de las salas para el café, pasé al baño, al mismo y suntuoso cuarto de baño para los invitados que ya había visitado. Al salir me esperaba, a buena distancia, el empleado de Víquez. Me entregó un pequeño sobre y me solicitó que no lo abriera hasta encontrarme en mi cuarto de hotel. Lo guardé en mi bolsa, emocionada. Debía ser de Edmundo, a quien encontré en plena chorcha con Clementina, sentados ambos en un *love seat*. Trajeron los digestivos. No bebí café ni nada espirituoso, apenas si me comí un chocolatito. Me uní a la conversación de todos los demás, que versaba sobre el carisma indudable de Mijaíl Gorbachov, el secretario general del Partido Comunista de la Unión Soviética.

—Es un hombre abierto. Reunirse con Ronald Reagan, justo en el muro de Berlín, entre las dos Alemanias, me parece significativo —decía el embajador de El Salvador, mientras su silenciosa mujer bebía un armañac y comía un chocolate tras otro.

Altamirano habló de la estulticia de Reagan, de «cómo le molestaba ese rostro suyo siempre sonrojado, su voz, su caracterización de hombre más joven. Increíble que un actor de quinta gobierne un país tan poderoso como Estados Unidos. Es una facha».

—Nuestro presidente Arias —interpuso Manrique Víquez—, teme, me lo ha dicho, que tanto Gorbachov como Reagan quieran una solución militar a lo que ocurre en Centroamérica. Guatemala, Nicaragua, El Salvador son países vapuleados por graves conflictos de toda índole. Él procura la paz, la restauración de la tranquilidad.

—Creo —se expresó el austriaco siempre en buen español y con mucho acento—, que a Gorbachov no le interesa tanto Centroamérica. Se lo he dicho a su presidente muchas veces. Lo que pueda ocurrir, ocurrirá en Europa.

Yo oía, sin atender mucho. Me intrigaba el diálogo entre Edmundo y Clementina. Como me había advertido Altamirano, la hermana de Víquez no era especialmente bonita, pero tenía *savoir faire*. Junto a ella me consideraba una mujer sin mucho chiste, del montón. Ni siquiera era capaz de ponerme los pelos como Cyndi Lauper. Recordé aquella vez en Nueva York en que Raúl me insistía en comprar un saco gris metálico, con unas aplicaciones en los hombros como de la Guerra de las Galaxias, precioso, altanero, que me iba muy bien y, al final, me arrepentí. «No lo quiero, no me presiones». ¿A dónde hubiera ido yo con eso puesto? ¿Por qué no me atrevía, por ejemplo, a desafiar a mi maestro, o a preguntarle a Edmundo si estaba interesado en mí o no? Para participar, sin embargo, dije algo que demudó a Altamirano, era una pregunta muy directa al embajador de Austria.

—¿Y qué nos dice del penacho de Moctezuma, señor embajador? ¿Lo devolverá Austria algún día a los mexicanos?

—¡El famoso penacho! Le prometo que si alguna vez me asignan la embajada de su extraordinario país, haré mis mejores gestiones para regresarlo.

Soltó una carcajada retozona. Arlinda no sabía que significaba penacho. Su marido trató de explicarle, mientras Altamirano tomó la palabra para inquirirlo acerca de Maximiliano de Habsburgo. El embajador prometió ayudarlo en lo que pudiera. Sabía de nuestra investigación y se ponía a nuestras órdenes.

Terminó por antojárseme un Licor 43, se lo pedí al mesero y me acerqué a los chocolates. Después de que los señores hablaron de los Habsburgo, cayó Margaret Thatcher como tema. Todos abominaban su insolencia, mientras admiraban a Miterrand. No tanto Altamirano. Él sólo se admiraba a sí mismo. Deseaba que la historia lo considerara un hombre ilustre, brillante y arriesgado. ¿No era nuestra investigación una empresa osada, en que se cambiaría la Historia con mayúscula del siglo XIX mexicano? Benito Juárez, fiel a la masonería, había dejado libre al emperador Maximiliano de Habsburgo, con la condición de que renunciara a su identidad, que se borrara del mapa y olvidara a Europa. Maximiliano, muerto, pasado justo por las armas, se transformó, como un mago, en otra persona y abrió un negocio de *catering* en El Salvador. Ésa era la hipótesis. Allí vivó y allí murió, sin corona ni cetro ni mando ni Carlota.

De todo lo que leía acerca de Maximiliano de Habsburgo, mientras Altamirano sólo escribía, sin parar, me había topado con una historia que llamó mi atención. Un tal Santiago Vidaurri, durante los años de Juárez en el poder, estaba empeñado en formar una república independiente con los estados de Nuevo León y Coahuila. Había escogido un nombre para el nuevo país, la República de la Sierra Madre. Se lo conté a Marta, antes de la cena, puesto que le interesaba el rumbo de las pesquisas mías y de Altamirano. Como acababa de leer lo de Vidaurri, se lo referí, intrigada por cómo Juárez mandaba fusilar a todo aquel que se le interpusiera en el camino. Vidaurri había sido perseguidor de indios comanches, gobernador de los estados de Nuevo León y Coahuila, y, cuando se le ocurrió la peregrina idea de otra república, Juárez le agarró ojeriza de inmediato. Debido a eso, el separatista Vidaurri se pasó al bando imperialista. Ésa ya no se la perdonó el señor presidente. Lo mandó fusilar. Fueron las tropas de Porfirio Díaz quienes le dieron mate.

Establecimos de nuevo nuestra propia conversación. Comentábamos temas veleidosos, como su peinado. «No sólo me divierte», me había dicho, «sino que además escandalizó a muchos familiares. A la propia Clementina, que se viste como modelo francesa. Nos queremos y nos desqueremos. Esta noche, al verme, destacó la excentricidad de mis pelitos. Mírala cómo despliega sus encantos con el cubano. Estoy segura que esta noche se lo lleva a la cama».

Sentí cómo una pequeña y filosa daga me rasgaba algo de carne entre las clavículas. ¿Entonces para qué me habría escrito Edmundo? ¿Se burlaba de mí?

Altamirano se me acercó para recordarme lo del documento de Justo Armas y para que convenciera a Marta de cobrar un poco menos por la traducción. Me daban ganas de darle un pisotón, de ahorcarlo con la corbata, por lo menos de arañarlo.

Con el rabillo del ojo observaba a Edmundo. Se veía más bien circunspecto. Sí, ésa era la palabra. Escuchaba a Clementina con gravedad, como si aquella le revelara algo espinoso. Altamirano no me perdía de vista, aunque hablara sin parar con los embajadores y con Víquez. El salvadoreño se las arreglaba para poner de cuando en cuando los ojos en su mujer, quien al tercer armañac y de un chocolate a otro, fijaba la vista en su marido como turulata.

En el pasillo en blanco y negro, cubierto por un ventanal que daba a un jardín interior, se oyeron voces. Un vestíbulo anterior a la sala donde nos encontrábamos, nos apartaba de aquel corredor. A grandes zancadas, lo advertimos todos, pasó un hombre delgado, con una máscara en la cara. Sabía que nos había visto y rehuido. Marta me explicó que se trataba del hijo de Clementina, un chico perturbado de 21 años, que no soportaba que nadie lo mirara a la cara.

—¿Vive aquí, con tu primo Manrique?

—No, llegó hoy de Estados Unidos con su madre. Aquí se hospedarán los dos unos días.

—¿Viaja en los aviones con esa máscara?

—Cuando sale, se pone una de luchador, pero no

le da la misma seguridad. Es algo difícil. Clementina sufre, es su único hijo.

—Lo debió tener muy joven.

—Sí, a los 18 años.

Víquez intentó distraernos del asunto e hizo traer unas charamuscas, unos bombones de pasta porosa, como de goma, en barras retorcidas, pero ya nadie quería comer.

El embajador austriaco consideró que era hora de irse, lo mismo que el de El Salvador. La reunión concluía. Empezaba de nuevo a llover. El austriaco se ofreció a llevar a Edmundo, los salvadoreños dejarían a Marta en su casa, mientras que el fiel sirviente de Víquez nos conduciría a Altamirano y a mí a nuestro hotel.

Con una caligrafía como de finales del siglo pasado, en papel fino y membretado, Manrique Víquez me invitaba el día siguiente a comer en un restaurante, a mí, nada más a mí, haciéndole el honor de departir con él a solas. Mi desilusión pegó un salto hasta el techo del cuarto de hotel. ¿Víquez, por qué Víquez? ¿Sería un asunto sobre Justo Armas que sólo querría tratar conmigo y no con el tacaño de Altamirano? Como ya era muy entrada la madrugada, no debía telefonear a mi maestro para preguntarle qué debía hacer. Esa noche casi no dormí. Todo me provocaba ansia, desde cómo vestirme, qué intenciones tendría Víquez conmigo, el avance nulo de la investigación, mi relación podrida con Raúl, mis deudas. Le advertiría a Víquez que estaba casada, aunque siempre cabía la posibilidad de que Altamirano le hubiese contado que mi matrimonio naufragaba. Sería otra cuestión, de seguro, lo que pensaba abordar conmigo, algo que no quería decirle directamente a mi maestro. Pero los amigos eran ellos. ¡Qué contrariedad! A mí me ponía nerviosa ese señor, a pesar de que le gustara el rock. Se imponía sobre los demás. Y luego esa extraña cena de productos del mar únicamente. ¿Para qué tanto cubierto, entonces? Una mancha muy roja sobresalía de una de sus sienes. Se la cubría un poco con la patilla. Y no, no era suficiente, me daba un poco de repugnancia. Cuando nos habíamos despedido de beso en la cara, escamoteé ese lado de su rostro.

Tendría que levantarme muy temprano y comprarme algo de ropa, no debía ir de jeans. ¿Y cómo sabía él que yo aceptaría? «El empleado te recogerá a las 2:00 en tu hotel». Me dolía el estómago. Era posible que la comida en su casa me hubiese indispuesto. Por la mañana me encontraría malísima para salir. Dónde habría quedado Edmundo, me preguntaba. Clementina se hospedó con Víquez. Eso parecía, al menos, porque el cubano se subió al auto del austriaco. En todo caso se vieron después, a hurtadillas. ¿Y de qué se esconderían? ¿De Víquez, de mí, de Marta, de los diplomáticos? ¿O sería del enmascarado?

Necesitaba dormir. Me sentía muy cansada de todo el viaje, del asunto de Maximiliano y de Justo Armas. Me hallaba en el columpio imparable del insomnio. También necesitaba zapatos, unos zapatos cómodos, pero monos, de tacón. ¿Y a mí qué demonios me importaba ese señor Víquez? Me levanté varias veces a orinar. El vino blanco y la champaña resultaban buenos diuréticos. Seguro habría engordado tres kilos por los chocolates que comí, la mousse, el pan que estaba buenísimo. Fue lo mejor, el pan caliente, aún mejor que el arribo de Edmundo, cuando pensé que acaso se encontraba allí por mí.

Temprano por la mañana busqué a Altamirano. No hubo señales de humo. Hacia el mediodía me dijeron en el hotel que había entrado y salido intermitentemente. No me quedó más remedio que ir a comprarme zapatos y algo que ponerme para la comida. No fue tan difícil gracias a la American Express. Me compré un suéter negro con hombreras, unos pantalones negros y unos zapatos rojos de tacón. Nada de eso pegaba con mi morral café. Tampoco se vería lucidora mi pequeña bolsa negra de coctel. Opté por el morral, con el tiempo encima, aún debatiéndome entre si debía asistir o no a la cita con Víquez. Me encontraba de viaje, así que no todo podía combinar. Me acicalé, mientras ideaba cómo diablos cancelar el encuentro. Intenté leer, escribir en mi diario, hacer algo de provecho, pero el tiempo me cayó encima como un enemigo. A las 2:00 en punto de la tarde, el empleado de Manrique Víquez me esperaba en la recepción del hotel.

Bajé tan rápido como pude, con la estupidez de corregirme el maquillaje en los espejos que había en el elevador, por pura vanidad. Aunque no me gustara el tipo con el que comería, deseaba que me viera guapa.

Nada más me senté en el automóvil, un latigazo de cólico menstrual se me acomodó en el bajo vientre. Le pedí al chofer, o lo que fuera, que buscáramos una farmacia antes de llegar al restaurante.

Avituallada por el barrio de San Telmo, entré al restaurante La esquina de Buenos Aires, con el único antojo de tomarme un consomé y arroz hervido. Víquez me esperaba con una botella de malbec.

—¿Quieres beber otra cosa antes?

—No, gracias, Manrique. Este recorrido con Altamirano y las cenas en tu casa, me hacen temer por mi sobriedad. Preferiría agua mineral.

Hablé como tarabilla, azuzada por los nervios, como cuando había estado a punto de sufrir un asalto en el taxi al que me monté después de mi visita a la librería Ghandi. Víquez sólo me escuchaba y me miraba con atención. Finalmente, cuando pedimos café, me dijo, tragando saliva y con el rostro compungido:

—Sé que estás casada o separada, no sé bien. *Ya salió el peine.* Anoche me di cuenta que te atrae Edmundo Palmira. Tú sabes lo que se dice, los homosexuales somos intuitivos. *Descansó mi alma.* Lo que te contaré ahora debes guardarlo en secreto. Por razones que no vienen al caso, no quisiera que Clementina, mi hermana, volviera a enredarse con Palmira. *Lo sabía, algo los unía.* Ellos tuvieron un amor de juventud que no debe reanudarse. Por Altamirano me he enterado que

Edmundo tiene interés en ti, *Ojalá, cada vez me atrae más*, que desea acompañarte con tu maestro a El Salvador. Intenta, si te es posible, convencer a nuestro amigo el historiador que es hora de abandonar Costa Rica, que no se preocupe por los documentos, no tiene que pagarme nada. Conozco su tacañez. Aquí están, te los dejo. No es mucho. Se trata de la fotocopia de un inventario y de una carta en alemán, enviada a Bélgica a principios de siglo. Por la caligrafía, pienso que es la misma que aparece en la lista de vajillas, cubiertos y enseres de ese tipo. Mi prima Marta tradujo la carta, hasta donde le fue legible. Pueden estar seguros, tú y Altamirano, que en mi constante pergeñar antigüedades, si me topara con algo más, se los haría saber. Ojalá que prosperara la investigación. En algún momento de mi vida, tu maestro hizo las veces de Virgilio para mí y lo estimo mucho. Me gustaría pasearte por San José, no es muy bonito, como te habrás dado cuenta, pero no está de más.

Le expresé mi gratitud, picada por la curiosidad de saber cuál era la razón que tendría Manrique para no dejar a su hermana en paz. Ya era grandecita.

—Dime, Manrique, ¿por qué no es conveniente que tu hermana y Edmundo se enamoren de nuevo? Perdona que haga la pregunta, pero me intriga.

—Clementina jamás podría vivir en Cuba. No sería feliz.

—Aunque no te importe, ¿por qué crees que yo podría mudarme a Cuba, en el caso lejano e hipotético que eso ocurriera?

—No lo sé, Fernanda, no lo sé. Toma esto como un

favor que te pide un amigo, un nuevo amigo. Permíteme pasar a otro tema. ¿No te has hartado ya del doctor Altamirano? Lo tengo en gran estima, ya te lo dije, pero viajar con él puede volverse fastidioso.

Le sonreí y acepté el ofrecimiento de pasear por San José, sin desasosiego con respecto a Manrique, pero haciéndome cruces en relación a Edmundo y Clementina. Antes, en el restaurante, hablé al hotel para saber de Altamirano. Me dijeron que me había dejado una nota y solicité que me la leyeran. «Te espero a merendar aquí, a las ocho en punto».

Odiaba que me ordenara.

Llegué un poco tarde para hacerlo rabiar. Me esperaba de mal modo bebiendo un vodka.

—¿Se puede saber dónde diablos has estado?

—No se enoje. Lo busqué muchas veces por la mañana. Anduve por allí. Y cuando lo hice, usted no estaba en el hotel.

—Desayuné muy temprano con el embajador de El Salvador. Me ha sugerido algunas líneas de investigación.

Me senté a su mesa, ordené una copa de vino blanco y le mostré una carpeta.

—Mire lo que le traigo. Una carta, cuya caligrafía se parece o es igual a la del inventario. Y, por si fuera poco, he aquí el inventario en fotocopia.

Altamirano me miró con una expresión mezcla de perplejidad y agitación.

—¿Cómo conseguiste esto?

—Me los entregó el mismísimo Víquez. Dijo que

ya no le iba a cobrar nada. Yo creo, doctor, que es el momento de volar a El Salvador. Supongo que allí encontraremos lo que busca. Hemos aplazado mucho lo que debimos haber hecho desde un principio.

—Yo seguí un mapa de huellas. No donde pasó Justo Armas sino donde había gente que podía llevarme a él. No me retobes, que sé muy bien lo que hago. Te me adelanté, querida, esta noche viajamos a San Salvador, que, mantengámoslo presente, es un polvorín. Edmundo será nuestro guía. Eso me tranquiliza. Con él, los miembros del Frente Farabundo Martí nos respetarán, si es que acaso nos tropezamos con alguno. El embajador de El Salvador aquí me ha hecho una cita con un miembro de la familia Arbizú, familia a quien Armas dejó su herencia y con quien vivió sus últimos años de vida, como bien sabes.

—Empecemos por ahí, doctor, por los Arbizú. A lo mejor debimos viajar primero a El Salvador, se lo recalco.

—Fernanda, era importante ir a Cuba, entrevistarnos con Lirio para que nos vendiera la fotografía de Justo Armas, ver de nuevo a los Palmira. De nuevo para mí, se entiende. Ahora he hecho relaciones que nos permitirán anclar la investigación.

—Yo no veo claro, doctor.

—No ves porque no sabes. Llevo tres cuadernos escritos al respecto. En fin, después de esta merienda, empaca. Saldremos en unas horas. Llamaré a Manrique para darle las gracias.

Volvió a verme con gesto de gran interrogación.

Luego de haber perdido de vista a Edmundo en San José, me ponía de buen humor hallarme con él tantas horas al día. Desayunábamos juntos, con Altamirano, a quien, por la mañana, los chispazos de un motor lo ponían en marcha y, por la noche, se deshacían para estropearle el ánimo, el rostro y las rodillas. Aquello de que lo mejoraron en La Habana, no me lo creía ya, aunque también suponía que vivir a nivel del mar alivia y que Cuba le pudo sentar bien a mi maestro por un rato.

San Salvador es una ciudad como cualquier capital latinoamericana: arrojaba el levantamiento de una arquitectura moderna, sin seguir ningún estilo, en medio de vestigios coloniales. Se veían muchas casas y caminos enclavados en las montañas. Hacía calor. Nos hospedamos en el hotel Hilton. El embajador mexicano en Costa Rica nos había conseguido a Altamirano y a mí una tarifa muy baja por una suite.

Edmundo se alojaba un piso abajo de nosotros, así que no me importaba dormir en el sofá cama de la sala y que Altamirano disfrutara de la alcoba. Utilizaba un medio baño para mí sola, pero me bañaba en la regadera que le correspondía al historiador. Como a esas alturas del viaje cualquier estipendio me asustaba, me sosegaba un poco que la suite la pagamos entre los dos. Me sentía en falta con mi madre. Le juré de nuevo, por teléfono, que ya nada más usaría mis *traveler checks* y que no tocaría más la tarjeta de crédito, para que contara con su viaje añorado a la India.

Fuera de esa desazón, me sentía contenta. Altamirano, desde el primer día, corrió a entrevistarse con los Arbizú, los descendientes de aquellos que albergaron a Justo Armas, el supuesto Maximiliano de Habsburgo. No descartábamos que Armas pudiera haber sido otro integrante de los Habsburgo y no el emperador de México. Altamirano y yo habíamos hablado de eso hasta el cansancio. Si hubiera sido así, tendría su interés histórico, desde luego, pero ¿por qué querría un Habsburgo, que no fuera Maximiliano, irse a El Salvador? Viajar a América no era sencillo y buscar como refugio El Salvador, ¿por qué disfrazado de otro individuo? En cambio, resultaba factible que el destronado emperador hubiese recalado en Centroamérica, a la búsqueda del olvido y de un resguardo firme. También consideramos, no pocas veces, el riesgo de que un vienés aristócrata y excéntrico, hubiera jugado al misterio. Abordar ese tema daría para una novela: el señor que se hizo pasar por un miembro de la familia real austrohúngara y que dejaba abierta la ventana para que muchos lo creyeran el destronado emperador de México soltando una pista aquí y otra allá. Refinado y sin zapatos, se movía como pez en el agua entre la gente pudiente de El Salvador de finales de siglo, gente provinciana encandilada con todo lo europeo.

Debido a que Altamirano me había hecho, felizmente, a un lado en sus investigaciones y encuentros con las familias antiguas salvadoreñas, Edmundo, que seguía diciéndome poemas y hablándome de sus artefactos científicos, pergeñados a través de toda su vida, desde que alcanzó la adolescencia, me llevaba a sus reuniones y me cuidaba como a una niña. No participaba yo en sus acuerdos políticos o lo que fuesen. Él entraba a sus pequeños cónclaves y me dejada en la sala de espera de alguna oficina o de cualquier sitio para que me dedicara, sin interrupciones, a lo mío. En ese esos días volvía a la lectura del manuscrito de *Noticias del Imperio* de Fernando del Paso. La novela se publicaría pronto, y yo ya era lectora de aquel texto maravilloso, que me parecía más verdadero que las infructuosas buscas de Altamirano. Lo había venido cargando desde Cuba, junto con otros documentos de mi maestro. Me dolía el hombro izquierdo y la espalda, a veces tanto, que Edmundo me llevó con un acupunturista. Ese doctor sólo atendía a los héroes del movimiento Farabundo Martí, protegidos por Cuba. A mí, la verdad, no me importaban las propuestas de ese grupo político. Me sentía ajena a su proyecto o, en todo caso, me daba miedo. Sólo deseaba la presencia de Edmundo, con quien nada se aclaraba. Ansiaba un relación pasional, estrujosa, eléctrica. Edmundo se preocupaba por mí en serio, pero tenía la mente puesta en otro lado. Algo muy triste, de lo que no me percaté antes, lo cercaba, y entonces me daba cuenta que no podría traspasarlo. Una noche, mientras bebíamos una copa de vino en un bar, le pregunté: «¿A quién extrañas, a tu mujer o a Clementina?». Me contestó que «echaba de menos lo que ya no pudo ser». Sonó muy cursi.

Más allá de mis intereses y deseos, le dije que, siendo un hombre joven, todo le quedaba por delante y que lo que pudo ser no había caducado. Me recitó versos de Neruda, que, en voz de Edmundo, terminó por gustarme, sin mucho fervor, que quede claro.

A veces extrañaba el jaleo y la fiesta que se habían quedado en Cuba, acaso un poco en San José. Costaba trabajo entretener a Edmundo con historias que me sacaba de la manga. Si hubiera sabido poemas de memoria, hubiese sido más fácil. Como fuese, él llevaba la voz cantante. Altamirano, entretanto, se encontraba optimista. La familia Lardé asistía al maestro por los vericuetos de la historia y de lo probable. Sin embargo, un comentario de doña Alicia Lemus de Arbizú, viuda de don Ricardo Arbizú Bosque, lo llenó de ansiedad. La señora le dijo que un arquitecto salvadoreño iba tras las mismas marcas, las del dichoso Justo Armas.

En lo que Altamirano trataba de conectarse con el arquitecto de marras, Edmundo logró hacerlo con Martín Diódoro Astorga, un significativo líder de la Farabundo Martí, cuyos *headquarters* se encontraban en la frontera con Guatemala. Coincidimos con él en Cuscatlán, ciudad cercana a San Salvador, en un restaurante con una terraza muy grande, llena de plantas y cuya vista eran las montañas. Astorga se apareció con una chaqueta de piel y unos jeans. No era ni guapo ni simpático. Me miró con desconfianza y luego me saludó con un movimiento de la cabeza, apenas perceptible. No me dio la mano. Edmundo lo invitó a recargarse en la balasutrada, frente a los cerros. Yo me quedé leyendo y tomando notas sobre los viajes de Maximiliano. A la calle llevaba un libro, porque prefería dejar en el hotel las muchísimas cuartillas de la novela de Del Paso. Decidí estar en lo mío, así como Altamirano se dedicaba a lo suyo, donde quiera que se encontrara en ese momento. A ratos cavilaba en mi extraña relación con el cubano. Yo era como un mascota para él, a la que quería y le decía poemas, pero nada más. Él para mí significaba la liberación de un matrimonio quebrado. Raúl era demasiado apegado a la tierra, a la vida cotidiana, carecía de imaginación y, además, se negaba a la paternidad. Quizá, Edmundo tampoco quería hijos o más hijos. Nunca habíamos hablado de eso. En lo que seguía los traslados del segundo emperador en México, me decidí a preguntarle más tarde a Edmundo sobre su idea de la paternidad.

Diódoro o Astorga, no entendía cuál era el apellido, se acercó a mí y me sugirió algunos sitios para visitar en Cuscatlán. Como yo no era nadie para él, me mandaba a turistear. Hizo que una muchacha muy joven y simpática, Marcela, muy de jeans como yo, me acompañara. Aquello era una ciudad, no un pueblo, rodeadada de árboles y de un volcán, y la gente se refería a ella como Antiguo. Caminamos por Santa Elena, el corazón de aquel sitio. En una fonda comimos pupusas rellenas de queso y chicharrón. Era la hora del almuerzo y el maíz se festejaba durante los meses de julio y agosto. Probé un tamal pisque, preparado con frijoles negros. Poco después se nos unió Edmundo, ya sin Diódoro o Astorga. Marcela nos recomendó que fuésemos al jardín botánico. Nos explicó que Cuscatlán significa «ciudad enjoyada», otrora centro de los pipiles o cucatlecs. Edmundo prefirió que regresáramos a San Salvador. El calor nos tenía fritos y preferíamos la agradable temperatura del coche con aire acondicionado. Rumbo a San Salvador le pregunté a Edmundo si tenía hijos. Me contestó elusivo. Tenía pero no tenía o prefería no tener, me dijo al final. «Es una larga historia, Fernanda. Con la mujer de la que estoy separado no hubo hijos. Hay por ahí uno..., pero no vive en Cuba. Cambiemos de tema. Esto me atribula. Algún día te contaré». Yo pensaba: algún día, cuándo: cuando se enamore de mí, o cuando él viaje a México o yo vuelva a Cuba o nos carteemos, que sería lo más factible. Me tomó de la mano, por primera vez, un rato, mientras yo fijaba la vista en la cordillera para esconder mi turbación.

Cuando nos encontramos con Altamirano, nos dijo exhilarante, que había reunido material suficiente para escribir un larguísimo artículo, un libro acaso. La fotografía que le habíamos comprado a doña Lirio, con mi dinero, la había mandado examinar junto con una de Maximiliano. El resultado de las medidas cráneo-faciales de ambos hombres coincidió de una forma notable. Se habían seccionado las fotos horizontal y verticalmente de ambos rostros y se compararon superponiendo uno con otro. La estructura de ambos cráneos encajaba una con otra, en un 95%. Otra reveladora comparación fue la de la caligrafía del inventario llevado a cabo por Justo Armas y la de una carta de Maximiliano. Eran muy parecidas, según dos especialistas en grafología. «Mientras tú, Fernanda, te dedicabas a divertirte, logré encontrar viejos periódicos en la hemeroteca, en donde se narra la historia de cuando, ya en su lecho de muerte, Armas pidió que lo asistiera el arzobispo de San Salvador, monseñor Belloso Sánchez. Entonces, ambos hombres conversaron solos por un rato. Imagina la respiración fatigosa, el esfuerzo para hablar de Armas y poder rendir su última confesión. Al salir de la alcoba del moribundo, el eclesiástico lo hizo de espaldas y con una genuflexión. Cuando los miembros de la familia Arbizú Bosque inquirieron por el estado de Armas, si había muerto ya, Belloso Sánchez afirmó que sí, que había muerto un príncipe. ¿Comprendes? ¡Qué momento tan significativo!»

No podía encontrar más satisfecho a mi maestro, quien después de su renacimiento en Cuba, cada vez se deterioraba más. Los párpados inferiores se le abultaban otra vez. La cara mostraba un color terroso, tirando a verde. Se encorvaba cada vez más, por lo que me pidió que le buscara el bastón, «entre mis múltiples tiliches, así sirves de algo. En tu lugar, un encanto de muchacho, Mario Porth, de una muy buena familia de aquí, me ha ayudado en todo. Ahora debemos seguir investigando en México, sobre todo la falta de evidencia del fusilamiento de Maximiliano».

Cansado, pero contento, solicitó que regresáramos a nuestro hotel. Necesitaba expandirse en la cama, rumiar, escribir. Edmundo lo ayudó a desvestirse, a ponerse el pijama y lo acompañó en sus abluciones. Después, a petición suya, lo dejamos solo, con uno de sus cuadernos notariales y su pluma. Ya sabía yo que la lámpara que alumbraba su escritura no se apagaría en toda la noche.

Edmundo y yo bajamos al bar del hotel a conversar. En realidad, yo habría de escuchar sus historias revolucionarias, sus reflexiones sobre el socialismo y quedarme muda ante la turba de poemas que soltaba a diestra y siniestra. A mí me asustaba no decir algo inteligente, que sonara reaccionario. El tema, aquella noche, fue de nuevo el Che Guevara y su empeño por extender la lucha armada en todo el mundo. Combatió en el Congo y luego en Bolivia, donde fue ejecutado por el ejército de aquel país, en colaboración con la CIA, a los 39 años de edad.

Le conté una historia tonta. Una tarde, añísimos atrás, en la compañía de unos excompañeros de la preparatoria y de mis amigas sempiternas, propuse ir al Desierto de los Leones, una zona boscosa fuera de la ciudad, a invocar el espíritu del Che. Mi novio en turno se nos había unido. Él y yo nos montamos en su Jaguar rojo, descapotable, que llamaba la atención, y el otro grupo, mis dos amigas y dos chavos, muchachos, se subieron en el auto de uno de ellos. Ese coche olía a nuevo desde kilómetros a la redonda. Llegamos a un claro del bosque, cercano a la carretera y nos sentamos en unas bancas hechas con troncos, junto a una larga mesa de madera sin tallar. La luna, ya redonda, nos alumbraba. Iniciamos una sesión espiritista, tal cual habíamos visto en las películas, y llamamos al Che Guevara. Acudíamos a su ser argentino, a su adoptado cubanismo, llamamos a su sentido de igualdad entre todos los seres humanos, apelamos a su incansable propósito revolucionario, clamamos por su sentido de dignidad, hasta que un guardabosques se nos apareció inquieto por aquel cónclave de jóvenes y nos encandiló con una linterna poderosa. Nos levantamos despavoridos hasta llegar a los coches.

Aquellos arrancaron su auto y mi novio el suyo, con la serenidad del gran conductor que era. Los otros nos rebasaron. Pasó un rato, el Jaguar había recorrido un buen tramo de camino y no lográbamos alcanzar al resto de nuestros compinches. Descubrimos, en cierto punto, que no se podía continuar. Un gran anuncio carretero nos obligó a recular. Aquel, mi enamorado, dio vuelta en U y, muy despacio, con las luces altas, iluminaba la vereda, hasta que nos topamos con una de mis amigas haciendo señas en la cuneta. El carro de ellos se había volcado. Al principio creí que era un juego, que mis amigos habían metido el automóvil entre los árboles para colocarlo en una zanja y tomarnos el pelo. Desgraciadamente se trataba de un accidente, del que uno de los muchachos, el conductor, quedó afectado *per saecula saeculorum* de una pierna. Una de mis amigas se rompió un brazo y los otros dos, la que brincaba fuera del surco y el copiloto, se encontraban salvos, sin zapatos. En poco rato se apareció una patrulla de caminos y, minutos más, minutos menos, una ambulancia.

Transfirieron desde la recepción una llamada. Un mesero trajo un aparato telefónico. Edmundo cogió la bocina de inmediato. Expresó consternación con un gesto, colgó y me miró, sin decir nada, un instante. Después me anunció, con una voz extraña, que acaban de matar a Martín Diódoro Astorga en una emboscada, en la punta de un cerro. «Como al Che».

—Es, era, un gran tipo, Fernanda. En estos momentos no puedo ni siquiera dar el pésame a los compañeros, a mis hermanos salvadoreños. A veces no existe la manera de continuar la Revolución ni de hacer justicia. ¡Qué mierda!

Terminó lo que bebía, se levantó, me tomó de la mano y, sin decir agua va, me cogió por la cintura. Sus ojos verdes, los que siempre lanzaban navajas capaces de traspasar al más pintado, aún mientras largaba un poema tras otro, se amansaron. Me condujo hasta su habitación y yo me dejé llevar como un perro perdido al que finalmente le dan casa. Apenas cerró la puerta tras de nosotros, comenzó a pasarme los labios con timidez. De pronto tomó mi cara entre sus manos y me besó a profundidad, como si deseara extraer petróleo de mi boca para abastecer a toda la isla de Cuba. Cuando me reponía para inhalar aire en el país criminal, asesino de Diódoro o Astorga, me arrojó sobre la cama. Desabotonó mi blusa y desabrochó fácilmente mis jeans, tan preciados por sus compatriotas, con una rapidez de vuelo de mosca. Con la lengua me recorrió casi toda, hasta que comenzó a luchar para bajar los vaqueros por mis piernas. Podría haber sido anticlimático, pero hubo un momento en que logró deslizarlos como si pasara un dedo por una barra de mantequilla. Hundió un índice en mi clítoris harto ávido y ofrecido. La vulva se me empapó toditita para recibir el pene con el que soñaba al masturbarme, sobre todo en las noches de Costa Rica, en mi propio cuarto. No sabía entonces cómo era su verga enhiesta, ni me importaba. El sólo imaginarme que Edmundo me penetrara me ponía ansiosa, fuera de mí. Mi sexo era no agua sino mar picado. Llegó el momento de verle la pinga en cubano o verga en mexicano, que ahora se avenía a mi vocabulario como nunca antes. Mejor aún, podía tocarla, percibir su textura y su propio clima. Me la metí en la boca, boca recelosa en otros tiempos y esa vez propicia. Salivaba para recibirla. Luego volvió a rondar con su pito mi sexo y a hundírmelo. Entonces se derramó todo él, sacudido hasta aflojarse del todo. Me besó, me tapó con la colcha, no con la manta. Dio de buenas noches y se acurrucó de su lado, poniéndome un brazo encima.

Procuré aquietarme, pero me consideraba como una gata en celo. Quería arañar las cortinas de aquella habitación del hotel Hilton de San Salvador. Lentamente me acerqué al buró donde había puesta una caja de clínex y me limpié un poco. No vino el sueño, por más que me acomodé lo mejor que pude, dispuesta a pasar la noche con Edmundo Palmira.

Cuando entré al cuarto, el historiador escribía como afiebrado. Me dijo: «no me interrumpas, Fernanda, por mí puedes irte a Cuba con Edmundo, pero primero recalas conmigo en México. Estoy malhumorado, ese muchacho Porth, Miguel, del que te hablé, ni te creas que tan encantador. Además no se le para. Chitón, déjame terminar de elaborar una idea».

¿De cuándo acá Altamirano me proporcionaba datos de sus experiencias íntimas? Confirmé, eso sí, mis sospechas de que aquel joven salvadoreño, que yo no conocía, debió ilusionar durante unos días al historiador. Altamirano seguía atraído por hombres, pero, a esas alturas, ¿todavía se los cogía o era al revés? No imaginaba cómo podía copular, si caminaba otra vez trabajosamente. De rodillas no podría ponerse ni en sueños. Era esa una elucubración mía innecesaria.

Le propuse que desayunáramos, pero que antes me dejara dar un regaderazo y arreglarme, así que lo dejé en cama todavía un rato. Después esperé a que él se duchara y lo ayudé a vestirse con un nuevo traje de lino, nueva camisa, nueva corbata. Altamirano, mientras veía a los Lardé y a los Arbizú y se metía a las bibliotecas, también se daba tiempo para el *shopping*. ¿Cuándo me pagaría los dineros que yo había desembolsado? No parecía correrle ninguna prisa y yo no me sentía capaz de exigírselos.

Bajamos al comedor, donde ya nos esperaba Edmundo, vestido de negro.

—¿Quién se te murió, Edmundo? Deberías estar rozagante luego de una noche de pasión.

Altamirano nos guiñaba los ojos. Cuando nos trajeron la primera taza de café, anunció que volaríamos a México al siguiente día. «*Finito, c'est fini*, concluido el viaje. Disfruten las horas que les quedan juntos».

Edmundo me miró apenado. Acto seguido nos notificó que algo desafortunado había ocurrido, que tendría que encargarse de algunos asuntos y que esa misma tarde cogería el avión para La Habana.

—Entonces, tórtolos, si se puede, todos tomemos el vuelo a nuestros respectivos destinos. El de Fernanda y el mío se dirigirá a la misma ciudad, pero no a la misma vida Papagena.

Edmundo no entendió. Yo deseaba darle de patadas a Altamirano, justo en las rodillas, hasta tumbarlo de dolor.

Edmundo se había despedido de mí con mucho cariño. Me abrazó un buen rato y alcanzó a decirme un fragmento de un poema de Dulce María Loynaz:

> Es tarde para la rosa.
> Es pronto para el invierno.
> Mi hora no está en el reloj...
> ¡Me quedé fuera del tiempo!...

Lo apunté en mi cuadernito, antes de que mi maestro y yo nos enfiláramos a nuestra sala de abordaje. Altamirano, muy nervioso, deseaba a toda costa subirse al avión. Debíamos pasar primero una enorme fila antes de documentar el equipaje, mucho más voluminoso que al principio. Edmundo se eclipsó entre la gente. Yo cargaba con el maletín de medicinas y afeites de Altamirano y con otro más que alojaba sus cuadernos notariales, llenos de apuntes y de historias sobre Justo

Armas. El gran libro que modificaría un momento nuclear en la historia del México republicano venía allí y el historiador me vigilaba para que lo cuidara. En mi maleta, que apenas pude cerrar, metí mis cosméticos, mis pocas adquisiciones del viaje. Lo único mío que llevaba encima era mi bolsa. En un tubo de cartón guardamos el retrato del supuesto Justo Armas o del supuesto Maximiliano de Habsburgo. Altamirano lo cargaba, incómodo, porque tenía que arreglárselas con el bastón. A mí no me cabía entre las manos. Pagué el exceso de equipaje, esta vez con un dinero que me dio Edmundo para eso. Sabía muy bien que ya no llevaba yo ni un quinto encima. Cuando abordé, mucho después de mi maestro, y vi a la distancia cómo un joven subía a un compartimento el cilindro con el rostro de Justo Armas, pensé en la vieja película de Murnau sobre Drácula: giboso, sin sentarse aún, con el rostro ajado y los pelos de la cabeza revueltos, mitad blancos y mitad caoba, el historiador se parecía al vampiro expresionista. Vestía un bléiser y unos pantalones grises que le bailaban como una bandera ondeante. El cuerpo se le perdía en el saco, pero no dejaba de mirar al muchacho solícito. Dejé de observarlo y me senté en mi lugar.

El regreso a México resultó difícil. Me incorporaba a un mundo raro, como el de la canción. Raúl había abandonado el departamento. Encontré una nota suya sobre mi escritorio en la que explicaba lo muy decepcionado que estaba con nuestra relación, que ya me llamaría para hablar de nosotros. No encontré nada en el refrigerador y muy poco en la alacena. Tenía hambre o más bien necesidad de algo que me hiciera sentir que había llegado a casa. Quedaba un poco de whisky en donde guardábamos nuestros licores. Lo bebí en un vaso con un poco de agua mineral y hielos que obtuve a duras penas de una caja ultracongelada. Me desplomé en la cama matrimonial, que ni siquiera estaba hecha. Me dio asco. Cambié las sábanas. Incluso la manta, una delgadita que habíamos comprado en la tienda de la UNAM. Desempaqué algunas cosas, el cepillo de dientes, cremas y un peine. Llovía mucho. Me quedé dormida casi de inmediato.

LUEGO DE HABER SIDO SOMETIDO A UNA CORTE MARcial, se le condenó a muerte. Durante el juicio, Maximiliano no respondió a muchas de las preguntaras que le formularon los republicanos. Parecía determinado a que lo mataran, porque cuando pudo haber huido o buscado una guarida no lo hizo. A lo mejor aceptaba su destino con garbo real. ¿Le habrán vuelto las diarreas espantosas mientras aguardaba la muerte en el Convento de las Capuchinas? Se dice que su salud se había quebrantado. ¿Cómo se sentirá perder una imperio y saber que la vida se acaba? ¿Calculaba que se había equivocado a lo bestia, mientras su hermano era el legítimo emperador de Austria y rey de Hungría y cumplía con el legado de los Habsburgo? Pobre Maximiliano, tan liberal, tan romántico, tan gallardo, tan jodido en esas circunstancias.

El fusilamiento esperó tres días, durante los que no pocos pidieron que Maximiliano fuese indultado, desde Víctor Hugo, el escritor, y José Garibaldi, unificador de Italia. Una señora americana hizo antesala con su perrito para que Benito Juárez condonara al emperador. La emperatriz Carlota viajó hasta el viejo continente para solicitar a algunos reyes que intercedieran por su marido. Acudió al Pontífice en Roma y nadie le resolvió nada.

Se alistaron para fusilar a Maximiliano de Habsburgo, y a los generales conservadores Miguel Miramón y Tomás Mejía. El criado húngaro, Tüdos, ayudó a que el emperador se vistiera de civil para su ejecución. Maximiliano llevaba una camisa blanca, chaleco, pantalón oscuro y una levita larga, que no se asemejaba a las usadas por Benito Juárez. El benemérito había cruzado el desierto ataviado como de frac, sin tomar en cuenta las altas temperaturas. Así se las gastaba el indígena Juárez. En cuanto al indulto, sabía que Napoleón III y los propios conservadores, tan aristocratizantes ellos, le daban la espalda al austriaco mexicanizado. Fusilar a Maximiliano crearía un precedente para cualquier extranjero que quisiera venir a gobernar México.

Me caigo de sueño. Deben andar camino hacia el Cerro de las Campanas. Hay tres carruajes listos, custodiados por tropas del Ejército del Norte. Soldados que no conocen al de Habsburgo, que no han puesto los ojos ni en fotografías ni en retratos del que será ejecutado o eso cree Sigifredo Altamirano, a ciento veinte años del fusilamiento. Maximiliano pide que no le disparen en la cara. Carlota y Sofía de Baviera se conmocionarían al ver el cuerpo con el rostro desfigurado por los impactos. No sabe, pobre, lo que le espera a su cadáver.

A pesar del silencio al respecto de mamá, alguna vez oí que mi padrastro suponía que seguramente los soviéticos habían asesinado a mi padre. Quizá lo enviaron como espía a México y en algo no les cumplió. Empresa difícil averiguarlo. No dejó rastro, desapareció del mapa. Mi abuela materna llegó a creer que lo habían abducido los comunistas para enviarlo a algún lugar de la Cortina de Hierro, donde a lo mejor fundó una nueva familia. La tía húngara, sin embargo, no tenía dudas. Apa había muerto en México, como Maximiliano. ¿Por qué vendría a este país, por qué no se quedó en España como su hermana?

Con la bendición del Papa Pío IX, Maximiliano y Carlota se treparon en el *Novara*, rumbo a la antes Nueva España. El país no era lo que esperaban, qué disgusto, tantos problemas y Benito Juárez, apoyado por los norteamericanos, daba una lata espantosa. Luego aquello de la Doctrina Monroe, que dictaba que América era para los americanos, resultaba extraño para un Habsburgo. No podían haberse comprometido más con México Maximiliano y Carlota, que construyeron su imperio y su hogar en un país tan lejano. Maximiliano murió por la paz de su nueva patria, por su prosperidad.

¿Diódoro Astorga? Ese Maximiliano de mi sueño es Diódoro Astorga, un hombre alto, de rostro aindiado. Ahora le regresa el verdor a los ojos, es guapo y parece Pedro Armendáriz. Sale de una pantalla cinematográfica y su cuerpo es atravesado por cinco balazos. Sue-

nan, suenan los disparos. El salvadoreño cae en el suelo momificado. Su cara es otra, se la han cambiado.

A Diódoro Astorga lo ejecutaron sin previo juicio. Le tendieron una emboscada como al Che Guevara. También lo victimaron en un cerro, junto a dos de sus hombres. No se mostraron fotos de su muerte. Tampoco se tomaron fotografías de la ejecución de Maximiliano.

Ahora, como en las pinturas de Édouard Manet, observo cómo fusilan a Apa, a Maximiliano y a Diódoro Astorga, que ya no es Pedro Armendáriz sino el Che Guevara. Se desploman. Cinco balazos han atravesado a cada uno. Se mueven, aún no rinden el último suspiro. Entonces tres soldados se aprestan a dispararles a los tres en el corazón. Son certeros y los ultiman.

Quiero gritar, pero ningún sonido sale de mi garganta. Apa, Maximiliano y Diódoro Astorga-Che han muerto.

South Fallsburg,
Nueva York, a 24 de noviembre de 1987

Muy estimada Fernanda:

Por supuesto que nos tutearemos. Me parece una afortunada coincidencia, de esas que sólo ocurren en México, que mi hermano Francisco y tú se hayan conocido y luego atado cabos con respecto a mi familia y a la muy querida tía Lirio.

Con respecto a mi persona, te habrá contado Paco que, después de la muerte de mi esposa, comencé a meditar y a llevar todas las prácticas de Siddha Yoga. En mi primer viaje a la India me quedé seis meses. En el segundo, me convertí en *swami,* en monje. Mi cambio radical de vida, mi inclinación por la filosofía oriental destantearon a mis padres y a los amigos, pero yo me encuentro muy feliz en el ashram y dando conferencias por algunos lugares del mundo. Algunas veces me he carteado con Edmundo Palmira. Piensa él que he perdido la razón. «¿Qué haces metido en un monasterio, hermano?». De su primo Mijaín no me acuerdo. Debe haber sido más joven que nosotros.

En cuanto a lo que me preguntas, puedo responderte algunas cosas. Te pido absoluta discreción al respecto y te las respondo, sin conocerte, porque percibo que tu cercanía con Edmundo y el halo de misterio que rodea su vida te angustian.

A Altamirano no le hagas caso. Para él todo el mundo tiende a la bisexualidad o al homosexualismo. De mí, según sé, afirma que soy gay. Nada más lejano. Desde luego, ni me asusta ni condeno la homosexualidad. Me interesa la ética con la que se rigen las personas, no sus preferencias sexuales. En cuanto a Edmundo, que yo sepa, jamás se desdobló en ambos sentidos sexuales. La historia de su vida ha estado ligada, tiempo completo, al gobierno socialista. Su padre fue muy cercano a Fidel Castro. De su mamá no sé mucho. Llegué a verla un par de veces, nada más. Edmundo se casó muy joven con una chica que había estudiado en la universidad Lumumba de Moscú. Formaban una buena pareja, ignoro el motivo de su separación.

Como todos, Edmundo tuvo un amor de juventud. Conoció a Clementina Víquez en un viaje a Costa Rica. Se enamoraron y se dejaron de ver, pero el encuentro tuvo consecuencias. Ella quedó embarazada. Sus padres la hicieron viajar a Italia y allí esperar el alumbramiento. Edmundo no estaba enterado, no supo de su hijo, José, hasta años después, cuando comenzaron los síntomas del muchacho, que nació con una mancha roja en una mejilla, más grande que la de su tío Manrique, según sé. Siempre la quiso ocultar y no había manera de quitársela quirúrgicamente. Llegado a la adolescencia se psicotizó. Desarrolló una dismorfofobia. No podía mirarse al espejo ni permitía que lo vieran a la cara. Manrique, que sabía mucho de enfermedades raras, realizó una investigación exhaustiva de los males que pudieran haber aquejado a su familia, desde sus antepasados. No encontró locos. Muchos padecían de problemas cardiovasculares, por un lado, por otro de artritis. Algunos familiares murieron de cáncer. Un tío tatarabuelo pereció en un duelo en París y una tía bisabuela, que se metió a monja después de enviudar, perdió la voz. Hablaba en voz muy baja y muchas veces escribía en una pequeña pizarra lo que necesitaba decir. Todas las religiosas del convento donde profesó lo lamentaban mucho. La mujer había sido la mejor cantante del coro. «Era una gloria oírla», según decían. Bueno, pero la cosa continúa. Manrique Víquez siguió la pista, hasta donde pudo, del padre del muchacho, de Josesito, como le dice su madre. Todo esto me lo contó Clementina, con pelos y señales, en el ashram de Fallsburg, en Nueva York, donde me encuentro ahora. Otra casualidad ha sido mi amistad con ella. Yo era amigo de Edmundo y me la vine a encontrar aquí, en el Shree Muktananda Ashram.

El hombre joven que viste enmascarado es José. Manrique piensa que la psicosis le viene del tío abuelo paterno, por aquello de su exagerada fascinación por Jim Morrison. Sí, es médico, pero prepara brebajes y menjurjes como un hechicero. Mi tía Lirio, tía política, como sabes, pero con la que desarrollé una gran cercanía en algún momento de mi vida, en mi paso por Cuba, le profesa una fe ciega al doctor Palmira, al que no conozco. A menos que me destinen a la isla, lo cual no creo que pase, me será ya muy difícil encontrarme con Edmundo. Lo lamento mucho, aunque siempre estaré cerca de él por la amistad que nos une.

La relación entre él y Clementina es inviable, Fernanda. Cada uno de ellos tiene su vida hecha y ambas son muy diferentes. Sé que Palmira carga con una enorme culpa. Casi no ve a Josesito, pero comparte emocionalmente la carga de la enfermedad de su hijo, quien, además, ha sido diagnosticado como esquizofrénico. Manrique sufre por el asunto y convenció a su hermana y al propio Edmundo de internarlo en una clínica en Estados Unidos, no sé dónde, la verdad. Los temores de Manrique de que Edmundo y Clementina vuelvan a tener una relación amorosa y, por ende, otro hijo con una enfermedad extraña, son infundados. Lo que sucede es la ley del karma, no hay nada más.

Estoy por ir a México. Haré muchas cosas allí, pero tendremos alguna tarde para vernos. Me llena de gusto que le publiquen a mi hermano, en los anuarios de historia, su trabajo sobre Blasio, el secretario particular de Maximiliano en México. He empezado a leer un ensayo tuyo sobre la guerra cristera y la literatura. Lo comentaremos. Paco me escribió para decirme que ha escuchado referencias encomiásticas sobre tu escrito.

Por otro lado, me acongoja lo que me cuentas en tu carta de Altamirano. ¿Qué le ocurriría a esa mente tan lúcida... y tan destructiva? En Shidda yoga nos enseñan a encontrar a Dios en cada semejante. ¡Qué difícil es a veces poner esa enseñanza en práctica! Hay que intentarlo, de todas formas.

La luz en mí saluda a la luz en ti,
Leopoldo.

Además de mis clases de asignatura, comencé a enseñar historia de México en un CCH y en un colegio privado. Recorría de un lado al otro el sur de la ciudad. Cuanto encargo llegara a mí, con pago de por medio, lo aceptaba. Con tanto trajín, no lograba sentarme a escribir mi tesis. Raúl se lio con una mujer carnosa y sonrosada que, a las primeras de cambio, se embarazó. Los detesté a ambos. Una recaída del herpes fue mi reacción. Luego me sobrevino una dermatitis. Me rascaba como un animal de la selva. Entre mis enfermedades y mis tareas aprendí a vivir en soledad. Al principio no fue fácil, sobre todo durante las noches. A veces, cuando quería preparar algo de cenar, untaba pan con mostaza, porque era lo único que había. Primero pagaba la renta, luego las deudas y, lo que a mí me quedaba, era poco. A mi mamá le hice creer que ese asunto, el económico, iba bien. Ella esperó algún tiempo, de todas formas, para viajar a la India. Debía convencerse de que me las arreglaba sola sin problema. Sugirió que me recibiría encantada en su casa, que así todo sería más fácil. Yo ya había adoptado a Carlota, una gatita de angora que me hacía una gran compañía, y a mi madre le producía alergia. Lo prudente era quedarme en el departamento de Churubusco, con los muebles, las pinturas de artistas oaxaqueños, mis cosas y salir adelante sin el apoyo materno. Comprendí, además, que hay que aprender a estar con uno mismo, aunque la noche caiga densa y entre a la casa.

Manrique Víquez tuvo una muerte súbita. Edmundo me escribió una escueta carta para avisarme del deceso. Me quedé pasmada un largo rato. Los mexicas llevaban razón, la existencia es como la Coatlicue, diosa de la fertilidad y también de la muerte, pues aunque simboliza el renacimiento, su falda carga varias serpientes y la mitad de su rostro es el de una mujer y la otra enseña un cráneo pelón, sin encarnadura. Así somos todos, el final lo llevamos puesto como una prenda de vestir.

Mis hermanos y yo convencimos a nuestra madre de que su viaje sería motivo de la alegría para toda la familia. Entretanto, mi hermano me cobró con intereses el dinero que me había prestado. De mi hermana no podía decir nada, simplemente un buen día me dejó de hablar, váyase a saber por qué diablos. Claro, con mamá disimulábamos.

Continuaba sin voluntad para pedirle al doctor Altamirano el dinero que, supuestamente, le presté durante el viaje. Estaba enfermo. Cuando telefoneaba a su casa, mi interlocutor era de nuevo el chamula, Juan Miranda, que regresó al buen camino y a cuidar de mi maestro. Que si ahora lo operaban de cataratas, que si la próstata, que si no sé qué. Me informaba de todo, hasta de lo que comía el doctor.

Una noche, ya entrado el año 88, en que intentaba trabajar en mi tesis, Altamirano llamó por teléfono.

—Querida mía, nos tenemos que ver. Debo mostrarte todo lo que he escrito sobre nuestro personaje. Además tengo una cuenta pendiente contigo, no creas que lo he olvidado. ¿Ya te deshiciste de Papageno? Te quiero ver luminosa, con un hombre inteligente a tu lado. ¿Qué sabes de Edmundo, se ha manifestado?

No me atreví a participarle la muerte de Manrique Víquez, pero contesté a todas sus preguntas, regocijada por el dinero que me devolvería, que no era una fortuna, pero me allanaba un poco el camino. También me entusiasmaba leer el libro sobre Maximiliano/Justo Armas. Una vez publicado, ¿aparecería mi nombre en los agradecimientos? Ojalá fuera así, pensaba, mientras acariciaba a Carlota, que sólo venía a mí cuando le daba la gana.

Me citó un viernes por la tarde en su casa. «Tomaremos té y galletas. ¿Te parece?».

Invité a mi mamá, no sin antes consultarlo con Altamirano. Recién llegada de la India, se encontraba extática. No coincidió con Leopoldo, el swami, porque ella quería aprovechar todo su tiempo viajando de un lado para otro, como lo llevaba trazado, sin detenerse. «Los trenes son confiables. Mantienen una eficacia inglesa. Entre Delhi y Varanasi fue el recorrido. Es una mínima parte de la India. La próxima vez iré con mi amiga Gloria a Kerala, donde estudiaremos filosofías orientales y meditaremos con su gurú. Ay, hija, mucho de la India puede transformarse en placer estético, en fascinación o en el hundimiento. Se te cae el alma a los pies. ¡La pobreza, hija, el olor a meados, a excremento, el sofoco que te originan los muchos pobres que se te abalanzan por una rupia es brutal!

Mi madre le llevaba de regalo a Altamirano un pequeño Ganesh, la deidad con cabeza de elefante. «Es el removedor de obstáculos», me decía, en lo que yo daba vueltas en círculo, porque no encontraba la sinuosa y escondida calle que conducía a mi maestro. Después de media hora de creerme perdida en el pueblo de Tlalpan, de oír historias sobre Parvati y Shiva, dimos con el caminito. Se advertía la rarísima casa de Altamirano, construida en múltiples inclinaciones del terreno. Además, había hecho edificar tantas habitaciones y pasillos para su biblioteca, que terminó por tener en la parte superior otra cocina. En su nueva sala de estar hizo colocar un montacargas, porque ya no había manera de que él subiera hasta ahí, con aquello de las rodillas que tanto le molestaban. El ascensor resultó una solución para él y para quien lo visitara. Antes se subían muchas escaleras, altas como de pirámide; eran caprichosas y peligrosas. Se parecían a Altamirano.

Nos esperaba con el servicio de té puesto en una mesita. Sentado, con una bata elegante y un gazné, ofreció disculpas por no levantarse. El vapor que brotaba de la tetera le subía a la cara. Entre el vaho y la distancia, al entrar, se me figuró que era un europeizado Tezcatlipoca. Lo encontré diferente, con el rostro cambiado. Mientras saludaba cariñosamente a mamá, noté, con cierto desasosiego, las patas de gallo de mi madre y dos pequeñas hendiduras, con su respectivas arruguitas, que asomaban a los lados de barbilla. Reparé también en que mi maestro se había sometido a una cirugía plástica de la cara. Con los párpados todavía hinchados, parecía un chino de ralos pelos caoba. Le hacía falta el restiramiento del cuello, que no iba con la cara. ¿Por qué diablos no se habría operado primero las rodillas?

«¡Qué felicidad verlas!», dijo mientras recibía el Ganesha de mi madre. «Una maravilla. Lo pondré a la entrada de mi casa, que es donde residen las representaciones de Ganesh». Yo no sabía ya si la entrada era el elevador, la sala que alguna vez hubo en el nivel de la calle o esta habitación con tres puertas en la que estábamos y desde donde se disfrutaba de una buena panorámica del sur de la ciudad. Sabía que una puerta abría a la cocina, por donde se accedía también a la parte inferior de la casa; otra, a su nueva recámara y la tercera a un baño. Mientras mamá y él conversaban sobre la India, Altamirano me pidió que comenzara a leer el primer cuaderno notarial en el que esbozaba la historia del falso fusilamiento de Maximiliano de Habsburgo. «Habrá que corregir el estilo», dijo.

La falta de pruebas contundentes, como hubiera sido una fotografía, la presencia de soldados que venían del norte del país para el fusilamiento, asunto sospechoso, el documento en el que Benito Juárez afirmaba que se había pasado al emperador «justo por las armas» y otros indicios que yo conocía, los tomaba en cuenta el historiador para probar la vida de Maximiliano como Justo Armas.

Anocheció. Mi madre estaba cansada y Altamirano le ofreció que Juan, el chamula, la llevaría de vuelta a su casa. Yo me quedaría leyendo el manuscrito. «No se preocupe, haré que Juan la siga en mi coche». Cuando mamá se fue, yo había leído ya dos cuadernos. Disfrutaba el tono suelto adquirido por el historiador, a medida que narraba cómo pudo haber huido Maximiliano de México, sin ser descubierto por nadie. Aquello se transformaba en una novela. Levantaba la vista, a ratos, para mirar por una *bay window* la silueta de la ciudad y la emisión de sus luces.

Altamirano, muy fatigado, se fue a recostar. Juan Miranda me preparó un sándwich y un café. Cuando me di cuenta, eran ya las doce de la noche. El chamula veía la tele en la cocina, y yo me iniciaba en el cuarto cuaderno, que era, de pe a pa, un inventario de objetos. A lo mejor incluiría allí, para luego utilizarlo como prueba, la lista que clasificaba las pertenencias de Justo Armas. Seguramente se trataba del documento conseguido por Manrique Víquez, hoy tan muerto, tan polvo. No creía que Altamirano estuviese enterado, porque no había dicho nada al respecto y yo no quería mortificarlo con la noticia. Difícil hombre mi maestro, pero era un hombre viejo. Las situaciones en los cuadernos comenzaban a repetirse. Supuse que corresponderían a diferentes versiones sintácticas, de las que luego escogería la mejor. Revisé, algo harta, las páginas del siguiente cuaderno. Cada vez aquello era menos legible. Abrí el quinto y el sexto cuadernos. Hojeé la escritura, que ya no era más que una unión de palabras sueltas. El séptimo y el octavo los repasé de pie. Un puro y absoluto galimatías eran aquellas páginas, sin pies ni cabeza. El noveno cuaderno se hallaba repleto de rayas y puntos. Parecía clave morse. Es decir, no existía ningún libro escrito, únicamente la enunciación de un posible libro, interrumpido. Mi maestro había perdido la cordura, nuestro viaje y su cometido eran una rotunda patraña.

El chamula dormitaba frente al televisor cuando fui a buscarlo. Lo dejé y sola descendí en el montacargas a mitad de la noche. Me metí en mi coche, con una incipiente, pero molesta taquicardia. Toda la expedición, sus consecuencias y sus resultados eran una sombra que debía, a toda costa, quitarme de encima.

Como en mi sueño al regreso de El Salvador, tan ejecutados habían sido Maximiliano como el Che y Diódoro Astorga. La desaparición de mi padre, por otro lado, seguiría siendo un misterio siempre.

De Edmundo no supe nada más.

La vida por un imperio
de Anamari Gomís
se terminó de imprimir y encuadernar en julio de 2016
en Programas Educativos, S. A. de C.V.,
calz. Chabacano 65 A Asturias CX-06850 México